W I N G S ・ N O V E L

ミルナート王国瑞奇譚〈下〉

狼さんは女王陛下を幸せにしたい！

和泉統子
Noriko WAIZUMI

新書館ウィングス文庫

S H I N S H O K A N

狼さんは女王陛下を幸せにしたい！　ミルナート王国瑞奇譚〈下〉

目次

アリア
ミルナート王国摂政で、
レナの母。
北の大国セレーの皇女であり、
政略結婚でラースに嫁いだ。
ジェス・シラドー
女子にして近衛騎士団員。
地方領主シラドー男爵の娘で、
レナの親友（元王配候補）。
デヴィ
西の大国ナナン王国の第十二王子で、
現在ナナン王国大使。
実は猫の〈魔人〉。
レナの親友（元王配候補）。
ラース
ミルナート王国前国王。故人。
グゥエンダル・
バンディ侯爵
セレー帝国大使。アリアの従兄。

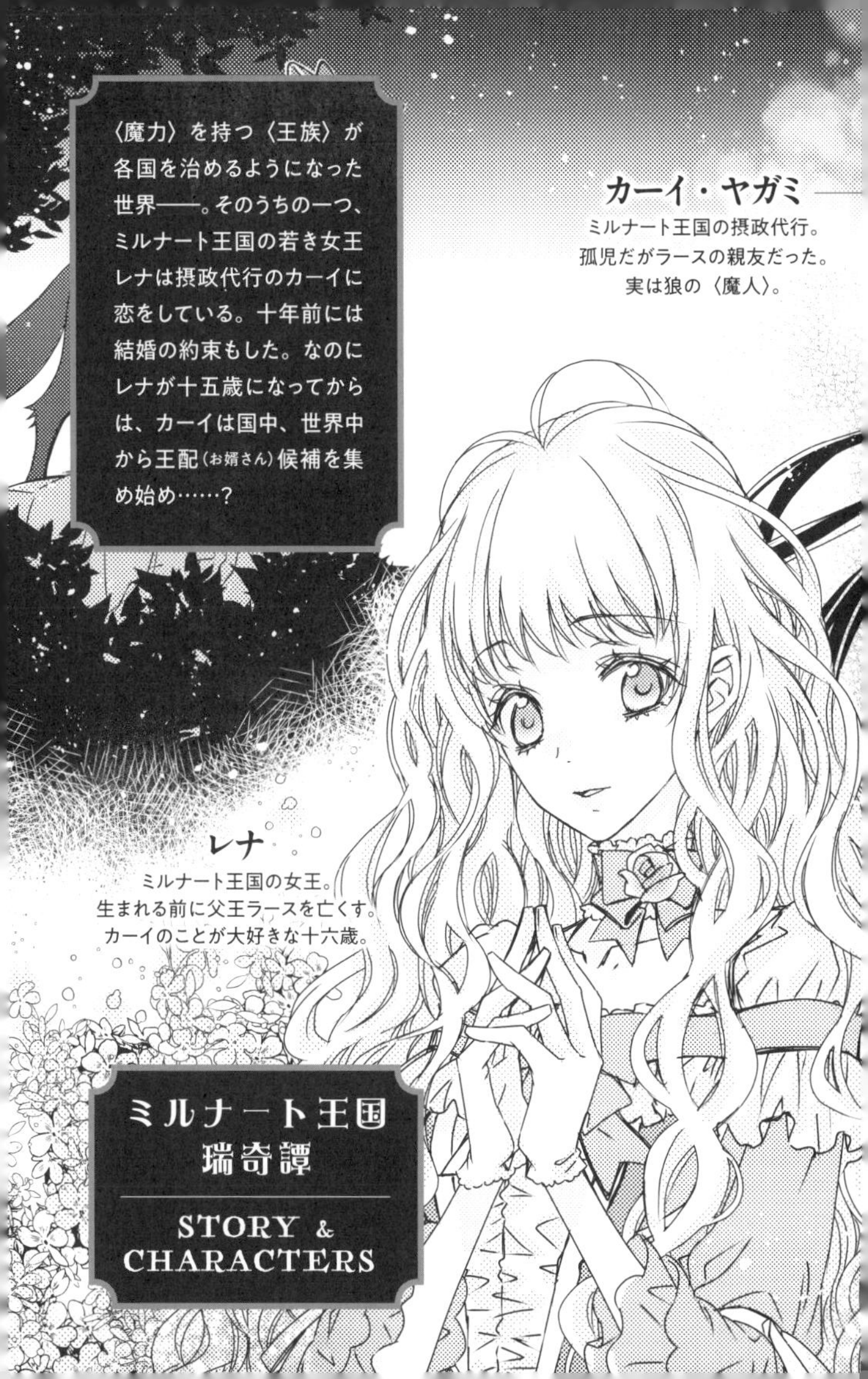
〈魔力〉を持つ〈王族〉が各国を治めるようになった世界——。そのうちの一つ、ミルナート王国の若き女王レナは摂政代行のカーイに恋をしている。十年前には結婚の約束もした。なのにレナが十五歳になってからは、カーイは国中、世界中から王配(お婿さん)候補を集め始め……?
カーイ・ヤガミ
ミルナート王国の摂政代行。
孤児だがラースの親友だった。
実は狼の〈魔人〉。
レナ
ミルナート王国の女王。
生まれる前に父王ラースを亡くす。
カーイのことが大好きな十六歳。
ミルナート王国
瑞奇譚
STORY &
CHARACTERS

イラストレーション◆鳴海ゆき

隼《はやぶさ》さんは女王陛下に求婚したい！

とある時、某国某所にて貿易その他各種国際問題を話し合う国際会議が開かれた。

それに出席したミルナート王国のカーイ・ヤガミ摂政《せっしょう》代行は、会議後の晩餐会《ばんさんかい》で隣席したナナン王国の貿易大臣に、

「デヴィ王子殿下からミルナート王国の女王陛下は大変可憐《かれん》で、心優しい方と伺《うかが》っております」

と、言われた。

もちろん自慢の親友の忘れ形見で、彼女自身をも常々《つねづね》大変自慢に思っているカーイは、なんの躊躇《ためら》いもなく頷いた。

「ええ、貴国の国王陛下が高潔で愛情溢《あふ》れる方であるように、うちの女王陛下は可憐で、心優しくて素晴らしい世界一の女王陛下です」

この実にたわいないおべっかの応酬《おうしゅう》が、後にとんでもない嵐を巻き起こすとは、はたしてカーイ・ヤガミは予想していたであろうか。

1

ミルナート王国の王庭の一画には、様々な果物が実る果樹園がある。

冬のこの時期、一般的な果樹園ならば実る果実はそれほど多くない……はずなのだが。

「レナ様の〈祝福〉の力に満ちているせいか、この果樹園は本当に見事ですね」

大好きな親友ジェスの、真《ま》っ直《す》ぐな褒《ほ》め言葉。

「ミカンにリンゴにナシにブドウ、モモ、木イチゴ、イチジク……真冬なのに季節感無視して、節操もなく、よくもまぁ、こんなにたくさんの実をつけるものだよね」

それに、同い年の友達であるデヴィの皮肉っぽい褒め言葉――彼はいつも斜に構えた褒め方をするのだとレナは心得ている――に、ミルナートのうら若き女王レナは、ほんのりはにかんだ。

今日のレナの格好は、フワフワの白い毛皮で縁取《ふちど》られた赤いコートの下に、白を基調に太い縞《しま》の入ったエプロンドレス。

その裾《すそ》から覗く足首まで覆《おお》う革靴には、優美な刺繍《ししゅう》が施《ほどこ》されている。白い革手袋を嵌《は》めた手には赤く輝くリンゴがいっぱいの大きな籐籠《とうかご》。

いつも背中に流している金髪は、作業の邪魔にならないよう両耳の後ろから赤いシルクのリボンを編み込んだ三つ編みにしている。

三つ編みお下げに縞柄のエプロンドレスなんて格好は農作業中の少女の定番スタイルだ。

しかし、レナの場合、農作業を手伝う女の子にしては着ているものが上等すぎるし、何より可愛《かわい》すぎると、デヴィもジェスも思ったそうだ。後で聞いた話だが。

「カーイがこの王宮に来た時、食べられる実がなる木が何もないって怒って、この果樹園を作ったの」

赤く実ったリンゴをまた一つもぎながら、レナは言った。片手に提《さ》げた籠は今日の収穫物でもうすぐ溢《あふ》れそうだ。

そんなレナを見て、ジェスはやんわりと微笑《ほほえ》み、デヴィは半眼で生温《なま》かい笑みを浮かべた。

レナと話をすると、必ず摂政《せっしょう》代行閣下《かっか》の話に繋《つな》がっていくよね——とでも思っていそうな顔だ、デヴィは。

というのも、レナは本人から何百回もそのような内容を面と向かって言われたことがあるからだ。

——別にわたくし、いつもカーイの話だけをしているつもりは……いえ、だって、一応外国の王子であるデヴィに我が国の政策のあれこれとか相談したりできないし。刺繍とかレース編みの話とかだって、男性のデヴィにするのもどうかと思うし？

と、レナは心の中で自己弁護をした。

どんなに言い訳をしても「わたくしはカーイのことが大好きなんだからしょうがないじゃないの」と開き直っていたりもするのだが。

ちなみに同じことをジェスがただ微笑ましく思っている様子なのは、レナにもカーイにも彼女がまるで恋愛感情を持っていないからだろう。

それはさておき。

「本当は野菜畑も作るべきって言ったそうなの。でも、王庭の景観的に不適切だって却下《きゃっか》されたのよね」

果樹園は花が咲く木が増えるということで、なんとか許されたらしい。当時の庭師に。

レナがそんなことを言うと、ジェスは感慨深げに頷いた。

「確かに野菜畑はどうかと思いますが……、閣下は籠城戦《ろうじょうせん》への備えを考えられたのでしょうか」

女性ながらミルナート王国軍の精鋭、近衛《このえ》騎士団の一員となったジェスらしい考察が出た。

「敬虔《けいけん》な〈地母神教〉信者で溢《あふ》れるこの世界で、わざわざ他国の軍がミルナートに押し寄せるなんて考えにくいんじゃ？　それとも、クーデターとかを心配したって？　こんなに平和で治安がいい国なのに？」

木イチゴを摘《つ》みながら、デヴィはジェスの考察を否定する。

二人の会話に、レナは「まぁ……！」と小さく叫んだ。

カーイは食べ物に好き嫌いがない。

肉だろうと魚だろうと野菜だろうと何でも食べるし、他の〈貴族〉達のように味に細かい文句も言わない。

――カーイは、果物が特別好きってわけでもないですものね。果樹園を作ったのは、別に自分が食べたい物を王宮で作ろうと思ったわけではなかったのね……。

今さらながら、そんなことに気づく。

言われてみれば、リンゴが好きならリンゴ園を、ナシが好きならナシ園を作るはずだ。

それがこんな色々な種類の木を植えたのは、一つの品種だと病気が流行《はや》った時に全滅するからだと、カーイが言っていたことも思い出した。

そんな話を聞かされた時は、「そういうものなのね」くらいしか思わなかったが、籠城戦の準備という見方をすると、奥が深い。

──カーイは、きっと何が起きても、お父様が飢《う》えないようにと、考えたのね……。

詳《くわ》しい話は誰も教えてくれなかった。

だが、北の離宮で暮らしていた五つの王子が、三歳ほどの孤児を拾い、一緒に暮らすというのは常識的におかしな話だ。

父は、生まれつき顔に醜《みにく》い痣《あざ》があり、それを厭《いと》うたレナの祖父達に北の離宮に追いやられたと聞く。

カーイは野山の幸に異常なくらい詳しく、男性なのに並《なみ》の料理人が舌を巻くような料理上手《じょうず》らしい。

彼がそんな技術を身に付けたのは、離宮にまともな使用人がいなかったからではないかと、最近、レナは推理するようになった。

また、父が即位した頃のミルナート王国は、盗賊や海賊が跋扈《ばっこ》し、世界でも最貧国の一つに落ちていた。

そんな国内事情だ。王宮とて食料が豊富だったわけではなかっただろうし、盗賊団が王宮を狙《ねら》うこともあり得ただろう。

それに世界のほとんどが大地に血が流れることを嫌う〈地母神教〉の熱心な信者達とは言え、内乱や戦乱が世界から完全に消えたわけではない。

剣術が棒術に変わったように、教義の目をかいくぐるような理屈を編み出して、戦争で滅《ほろ》ぼされたり、併合《へいごう》されたりした国は〈大洪水〉後も多々ある。

最近の例で言えば、東方海域の各島々にはそれぞれ王国があったが、そのうちの一つチハ王国にすべて飲み込まれてしまった。

東方諸島連合王国――略称トレオ――を名乗ることで、チハが併呑《へいどん》したことをごまかしている。

「摂政代行閣下は用心深い方ですね。王宮からマルナ湖のボートハウスまでの道を消してしまったり、籠城時に備えた果樹園を作ったり」

「まあ、確かに果物なら調理の手間も燃料もいらないから、籠城用の食料には向いているかもしれないけどさ、今のミルナートにクーデターも戦争もありえないよね。ただの心配性なだけじゃん」

デヴィの言葉にジェスとレナは顔を見合わせた。

他国の王子で、その頃はこの王宮にいなかったデヴィは知らないが、クーデター未遂《みすい》事件は一年ほど前に起こっている。

「どうかした？」

デヴィに訊かれてレナ達は首を振った。

友達でも、デヴィは他国の王子だ。

こういう身内の恥《はじ》みたいな話はできない。

「ううん、そろそろキナミ教会長様が帰られる時間かしらと思って」

「あ、そうですね。早く摘んでしまわないと、お土産《みやげ》にならないですよね」

レナの言葉にジェスが頷く。

デヴィは二人のそんな様子に半眼になる。

「そもそもさぁ、いくらミルナート王国の法王様たる方へのお土産だからって、女王陛下自らもいだり摘んだりする必要ないんじゃないの？」

「あら、果物狩りって楽しくない？」

うっかり本音が出て、「あっ！」とレナは小さな叫びを飲み込むと、早口で言い訳をした。

「ええっと、もちろんキナミ教会長様はご立派な方ですもの。敬意を込めて女王であるわたくしが用意するのは当然だと思うの。ね、ジェス、そう思わないこと？」

「そうですね。現在の我が国の法王様たるキナミ教会長様は大変ご立派な方です」

ジェスがすかさずフォローしてくれる。

よほど規模の小さな教会でない限り、〈地母神教〉の教会には複数の教父や教母と呼ばれる聖職者がいる。

〈大洪水〉前に存在した多くの宗教で、聖職者には位階があり、それが争いの元にもなったと考える〈地母神教〉では、それぞれの教会や地区の聖職者のとりまとめ役という意味で〈教会長〉という職位を置いている。

ただの教父・教母と、その候補生である教父・教母見習い。とりまとめ役の教会長。聖職者の位は聖典的にはその三つだけだ。

だから〈教会長〉と呼ばれる人は、単に一つの教会の長《おさ》だったり、一地域内の教会長の代表者だったり、一国の教会長達のトップだったりする。

そうは言っても、この世界でほぼ唯一と言っていいほどの世界的な宗教組織である。

その三つの職位だけで組織を動かすのは難しい。

今、レナ達が話題にしているロカ・キナミは、ミルナート王国内の全教会長を統《す》べる方で、他の教会長と区別が必要な場合では〈ミルナート王国の法王〉と、便宜的《べんぎてき》に呼ばれている。

まだ五十代だが、徳の高い人格者として定評があり、人気も高い。

ただ、デヴィの兄であるエディ殿下に言わせると、教義にガチガチなナナン王国の法王などからは批判的に見られているらしい。

――でも、わたくしはキナミ教会長が好きだわ。

カーイの、生まれや容姿、性的指向などによる様々な差別をなくそうという取り組みは、〈地母神教〉の教義と相容《あいい》れない部分がある。

しかし、教義よりも不当な差別をなくし、人々が幸せになることが大事だとするキナミ教会長はカーイの政策に好意的だ。

その一点でレナが教会長を尊敬するのは決まったようなものであるが。

――も、もちろんカーイの意見に好意的だからということで、キナミ教会長を好きなわけではなくて、カーイと同じように不当な差別を嫌い、教義より人の幸福を採《と》る方だから好きなのよ、わたくし。

と、誰にともなく言い訳をして。

「さあ、早く籠をいっぱいにしましょう。教会長様は木イチゴが一番お好きなの」

「木イチゴを籠いっぱいって結構大変なんだけど！」

木イチゴ係のデヴィがぶつくさ言う。

直径一センチほどの木イチゴを籠いっぱい摘むのは、リンゴやミカンなどを摘むより確かに大変な仕事だ。

二つ目の籠もほぼいっぱいになりそうなほどリンゴを摘んだレナや、一つ一つ傷まないように紙で丁寧に包みながらモモを摘んでいるジェスに比べても、デヴィの籠は一つ目すらまだまだぜんぜん木イチゴで埋まっていない。

「三つ目のリンゴの籠がいっぱいになったら、わたくしも手伝うわ」

「私もこのモモの籠がいっぱいになったら手伝います」

レナとジェスが言い、それからレナは声を潜《ひそ》めてデヴィに囁いた。

「キナミ教会長様には感じよく振る舞ってね。あなたの大兄上殿下が仰《おっしゃ》るには、ナナン王国の法王様が、あなたのこと、悪く吹き込んでるみたいだから」

言われたデヴィは、ハッと口を噤《つぐ》んだ。

デヴィは教会が忌《い》み嫌《きら》う〈魔人〉だ。

王族なのに母国にいられなくなったのも、教会関係者にそのことがバレたためだ。

「デヴィ殿下自ら摘まれた木イチゴ、きっと教会長様も喜んで下さいますよ」

善良なジェスも言葉を添える。

この果物狩りの真の目的を知ったせいか、デヴィの目の端が少し赤くなっていた。

②

「――」

建物から離れた果樹園で果物狩りに興じる少年少女達を見ていたミルナート王国の法王たるロカ・キナミ教会長は望遠鏡を下ろし、テーブルの上に置いた。

「いかがでしたか、教会長様？」

この王国の政治の実質トップの位置にいるカーイ・ヤガミ摂政《せっしょう》代行に問われ、朗らかに教会長は振り返った。

「我らが女王陛下におかれましては、ジェスリン・シラドー騎士と良き友情を築いていらっしゃるようですね」

木々の合間、遠目からでも二人の仲睦《むつ》まじい様子は見て取れたらしい。

キナミ教会長は通常の聖職者の三倍は柔軟《じゅうなん》な人物だから大丈夫だとカーイも踏んでいたが、やはり本人からこう言って貰《もら》えると安心する。

カーイは相手に椅子を勧め、自分もテーブルを挟《はさ》んで向かい合うように座る。

「彼女は男装をしていますが、それは陛下の護衛のためなのです。護衛の騎士でも、異性を陛下の間近に置くわけにはいきませんからね」

念のため、カーイは小さな嘘を吐《つ》いた。

ジェスリン・シラドーが男装しているおかげで、彼女がレナの最も近くにいる近衛騎士であることは嘘ではないが、そもそも彼女は女の格好を嫌っている。

ジェスが男装しているのは、けして陛下の護衛のためではなく、本人の嗜好《しこう》である。

しかし、嘘も方便という言葉もあるし、実際彼女が男装の騎士をやってくれるおかげで、近衛《このえ》騎士団長のカーイとしては助かっている部分は大いにあるのだ。

「それに彼女は、毎週の礼拝を欠かさない真面目《まじめ》な〈地母神教〉の信者です。聖典についてもとても詳《くわ》しいです」

こちらは嘘ではない。

実際、ジェスは芯から真面目な性格なので、きちんと教会に通っている。

他の近衛騎士団員やそこらの〈貴族〉令嬢より、信者としての行いは真っ当なのだ。

「確かに教会でよく見かけますね」

ミルナート王国の大教会は毎週万単位の人々が出入りしているので、キナミ教会長の言葉が真実か、カーイに合わせているだけなのか、咄嗟《とっさ》に判断できなかった。

しかし、教会長はジェスに好意的なようだと彼の表情を見ながらカーイは考え、彼女を褒《ほ》める言葉を念のため重ねた。

「ええ。それに女性ですが、武術の腕も確かで、陛下の護衛としてはこれ以上望むべき人間はいません。女性なのが惜しいくらい、優秀な近衛騎士団員です。家柄も確かで、父親のシラドー男爵は海軍の優れた提督《ていとく》でした。人柄は善良極《きわ》まりなく、温厚で親切で誠実です。陛下の護衛としてのみならず、年の近い友人としても、実に相応《ふさわ》しい人物です」

男は男らしく、女は女らしく。

そんな教義を持つ〈地母神教〉の聖職者の間では、男装の女性騎士であるジェスを好ましく思わない者達がいる。

女王陛下の一の親友の座を奪われたと思った〈貴族〉の一部――当の令嬢達は男装の麗人たるジェスに大変好意的なのだが、彼女らの親はそうではなかった――が、王都の聖職者達を焚《た》きつけたのだ。

それで本日、わざわざキナミ教会長は王宮まで噂《うわさ》の真偽《しんぎ》を確かめにいらっしゃったのである。

ジェスやカーイをいきなり教会に呼びつけたりしないあたり、居丈高《いたけだか》な凡百の教父達とは一線を画する方だと、カーイは改めてキナミ教会長を評価しなおした。

「なるほどなるほど」

ニコニコとキナミ教会長はカーイの言葉に相槌《あいづち》を重ねた。

「ジェスリン・シラドー騎士は、摂政代行閣下《かっか》がそこまでお認めになっている陛下の大事な友人なのですねぇ」

そう納得したように呟かれて、カーイを安心させたところで。

「……それから、ナナン王国の法王殿から、デヴィ殿下によからぬ噂《うわさ》があると連絡が来ていましたが」

キナミ教会長は穏やかな笑顔のまま切り出した。

おそらく今日の訪問はジェスとデヴィ殿下両方の件だと、来訪の連絡がきた時点で確信していたカーイは、さほど驚かなかった。

「さて、どういう噂でしょうか」

キナミ教会長と同じくらい穏やかな口調で返した。

「デヴィ殿下が本当に陛下のお傍《そば》にいて好ましくない人物なら、この私が真っ先に排除いたしますが？」

実際、カーイは本音を言えば、一度でもレナに刃《やいば》を向けた人間を彼女の傍に置いておきたくなかった。

だが、当のレナが、なぜか彼を許している。

ったく、レナの寛大さには涙がでらぁ——とかカーイは不満を持ったが、反面、デヴィ殿下を許すレナの懐の深さに舌を巻いている。

——ラース、お前の娘は、マジお前と同じくらい懐がでけぇよ。

前国王ラースは、どこの馬の骨とも解らぬ孤児でしかも〈魔人〉のカーイを受け入れ、親友として死ぬまで遇《ぐう》してくれた。

そんなラースの娘だ。

本気で恋した相手からこれ以上ないほど手酷《てひど》く傷つけられたデヴィ殿下が自暴自棄《じき》に走ったのを、彼女が許すのも当然のことかもしれない。

しかも、その一件で遅まきながらもレナの真価に気づき、ベタ惚《ぼ》れしているのを見れば、まあなんと言うか。

彼のような人間がレナの傍にいるのは、悪くないことなんじゃないか……などと、思えてくるのだ。

——ラースには、腹を割って話せる相手が俺しかいなかったからなぁ……。

当時はそうは思わなかったが、今ならそれは良くないことだったと解る。

現在のカーイならばともかく、ラースが国王に即位した当時のカーイは軍事的なことしかラースの助けにならなかった。

〈貴族〉ではないカーイには、〈祝福〉のことも、それを行うことがどんなにラースの体力を削《けず》るかも、ちゃんと理解していなかった。

ラースはもっと他の人間、他の官僚とか〈貴族〉達とかとも親しくなって、彼らに仕事を任せるべきだったのだ。何もかもすべてを自分の仕事だと背負い込んでしまわずに。

そして、自分ももっと胸襟《きょうきん》を開いて〈貴族〉達に頭を下げ、教えを請《こ》い、ラースを助けてくれるよう頼むべきだった。

——俺達を否定し続けたあいつらの手など借りない。二人だったらなんだってできる。俺達は無敵だと、バカみたいに突っ張らずに。

そんな苦い後悔から、カーイはデヴィ殿下をレナの傍に置くことを了承した。

なんだかんだ言って人から好かれる才能を持っている彼がレナの傍にいることは、けしてマイナスではない。

「ほほう。殿下は、摂政代行閣下のお眼鏡《めがね》に適《かな》っていらっしゃる?」

「陛下の友人としては」

言ったあとでキナミ教会長の意味深な笑顔に、カーイは付け足した。

「……残念ながら、王配に据《す》えるには、性格に難がありますね」

キナミ教会長は面白そうに片眉《かたまゆ》を上げた。

「おや。性格の難とやらは、友人としては問題がなく、王配には問題があると？」

「ええ」

「例えば、どのような？　我がミルナート王家が迎えるに相応しくない何かが？」

やんわりと問われて、カーイは心の中に重石《おもし》を投げ込まれたような気分になった。


ミルナート王家に迎えるのに相応しくない。


──ああ、そうとも。〈魔人〉をミルナート王室に迎えるのは相応しくない。

そう思っていても、デヴィ殿下が〈魔人〉であることを知らない前提で話しているカーイは、その思いを正直に語ることはできない。

──第一、デヴィ殿下がレナの王配に相応しくないのは、〈魔人〉以前の問題だし。

カーイがレナの王配に求める基準に彼は達していない。主《おも》にあの猫かぶり上手《じょうず》の、実際は歪《ゆが》んでいる性格とか斜に構えた性格とか本当はぜんぜん素直でない性格とか、問題が多すぎる。

「当然です。陛下の人間の幅《はば》を広げるためには多少問題のある人間との交流も必要かと思いますが、王配に問題のある性格の人間を据えるわけにはいきません」

意識的にカーイはデヴィ殿下の問題はそんな性格にあって、彼が他に大きな問題を持っていないと確信しているかのように振る舞った。

デヴィ殿下が〈魔人〉であることをミルナートの教会関係者に公言しても、何一つ得なことはない。

――むしろ、ナナンの国王やらデヴィ殿下の兄達に恨《うら》まれるだけだ。

そうなれば、腹いせにカーイ自身が〈魔人〉であることを告げ口されかねない。

ナナン国王もデヴィ殿下の兄達も、それくらいデヴィ殿下を大事に思っている。

親子や兄弟の情を知らないカーイには、ナナン王国一家のデヴィ殿下への溺愛《できあい》ぶりは、ちょっと理解を超えているのだが。

「――」

そんなことを考えているカーイをじっと凝視《ぎょうし》し、それからにっこりとキナミ教会長は微笑《ほほえ》んだ。

「……そうですか。ナナン王国の法王殿の言っている問題は、もっと違うことでしたが」

デヴィは教母見習いの恋人に己《おのれ》の真の姿――猫の〈魔人〉姿――を見せて、裏切られた。

教母見習いの彼女は聖典通りに〈魔人〉を悪魔の手先と罵《のの》しり、ナナン王国の教会にデヴィ殿下の正体を訴《うった》えた。

訴えられたナナンの教会は狼狽《うろた》えたことだろう。〈魔人〉は排斥《はいせき》せねばならないが、自国の王子に簡単に〈魔人〉の疑惑をかけるわけにもいかない。

教会が対応に苦慮《くりょ》している間に、デヴィ殿下はミルナートに王配候補としてやってきた。カーイが招いたのであるが、渡りに船のタイミングだったようだ。

カーイはやれやれと肩を竦《すく》めて見せた。

「どこの国でも〈王族〉は、多少悪く言われるものでしょう。特にデヴィ殿下のように女性関係が華やかな人物は、思いも寄らぬ相手から逆恨《さかうら》みされることもあるでしょうし」

世間話のように話すカーイにキナミ教会長も相槌を打って。

「では、ナナン王国の法王殿には、デヴィ殿下は多少性格に難があっても、女王陛下の大切なご友人であると、我がミルナート王国民自慢の女王陛下ならびに摂政代行閣下が認めた人物だと返事をしたためましょう」

「そうして頂《いただ》けると助かります。ナナン国王陛下からは、デヴィ殿下がいわれなき誹謗《ひぼう》中傷を本国で受けているとのことで、陛下に殿下を預けられたので。我が国内でも誹謗中傷が絶えないなんてことになれば、ナナンとの外交問題にもなりかねません」

「それに、有能な摂政代行閣下としては、ここでナナン国王陛下に大きな貸しを作りたいですしね」

どこまでデヴィ殿下の正体を承知しているのか。

聖職者らしいクスクス笑いをして、カーイの返事を待たずにキナミ教会長は立ち上がった。

「それでは、そろそろ失礼しましょう。晩餐《ばんさん》の礼拝の準備がありますので」

そう言って部屋を出ようとしたところで、教会長はレナ女王陛下と鉢合《はちあ》わせた。

③

「キナミ教会長様、王宮の果樹園で摘んで参りましたの。孤児院の子供達へお土産《みやげ》にどうぞ。わたくしとお友達で近衛騎士のジェスリン・シラドーが摘みましたのよ」

レナはここぞとばかりににこやかに微笑《ほほえ》み、優雅に一礼してリンゴでいっぱいの籠《かご》をキナミ教会長に捧《ささ》げた。

ジェスも隣でモモの籠を捧げ持つ。

傷みやすい桃は一個一個紙で包まれているから解りにくいが、特有の甘い香りを放っている。

「ここにあるだけでなく、リンゴはたくさん摘みまして、大教会に送っておりますのよ」

孤児院には定期的に寄付をしているが、こういう食べ物の差し入れもありがたいとレナは聞いている。

リンゴを多めにしたのは、子供の病人食にすり下ろしたリンゴがよく使われるとジェスが教えてくれたからだ。

風邪を引く子供が絶えないこの季節、リンゴの在庫はあるにこしたことがないだろう。

「これはこれは陛下、誠《まこと》にありがとう存じます。シラドー騎士も、ありがとう」

穏やかな人柄のキナミ教会長はいつも機嫌良く微笑んでくれるが、今日はことさら嬉しそうだ。

回廊《かいろう》で控《ひか》えていたお付きの教父達が、レナ達が捧げた籠を受け取る。

「キナミ教会長様がお好きな木イチゴは、デヴィ殿下が摘んで下さいましたのよ」

レナはそう言って、背後に控《ひか》えていたデヴィに場を譲《ゆず》る。

「初めまして、キナミ教会長様。デヴィ・ナナンです」

素はちょっぴり皮肉屋さんだが、デヴィはその気になればとことん感じよく振る舞える愛《あい》嬌《きょう》たっぷりの王子様だ。

それに赤金と青銀の混じった巻き毛に覆《おお》われた顔は、見ただけで充分に人から好感を得てしまうくらい整っている。

そのよく整った顔に駄目押し的に光り輝くような満面の笑みを浮かべ、デヴィは籠を捧げ持って教会長に頭を下げた。

「おお……」

案の定、教会長は感じ入った声をあげた。

「他国の王子殿下の手まで煩《わずら》わせるとは、申し訳なかったですね」

「いえ。教会長様の食卓にささやかな彩《いろど》りを添えられれば、地母神様も喜んで下さることかと」

デヴィは神妙な表情で、瞳を伏せる。

そんな彼の様子に、教会長は大袈裟《おおげさ》に相好《そうごう》を崩した。

「私は木イチゴのジャムに目がなくてねぇ。聖職者として地母神様の恵みの数々のうちの一つを偏愛《へんあい》するのもどうかと思うこともありますが、どうしても好物を断つことができません。テシガーラ君も、モモのコンポートが大好きですしねぇ」

「拙《せつ》はキナミ教会長の木イチゴジャム好きと比較されるほどでは……」

そう返事をしているテシガーラ教父の、いつもは堅苦《かたくる》しい表情も緩《ゆる》んでいる。

リンゴはともかくモモや木イチゴは完全に季節外れだ。

冬の最中に季節外れの好物を差し出されて、喜ばないひねくれ者はそうそういない。

それに女王や他国の王子が手ずから己《おのれ》達のために摘んだと言われて、悪い気がする人はまずいないだろう。

現にツヤツヤと輝く丸い果実や甘い香りは教会長や教父達の気持ちをときほぐしたようだ。

——こんなことでジェスやデヴィへの風当たりが和《やわ》らぐなら、わたくし、毎日だって果物狩りして良くってよ。

そんなことをレナは思う。

だが、現実的に毎日果物狩りをするほどレナは暇《ひま》ではない。暇ではないが。

「まあ、テシガーラ教父がモモを好まれるとは存じませんでした。では、今日のモモの籠はテシガーラ教父に。それから、また、今度、折を見て摘んで差し上げますわね」

それでもまた時間を作ってジェス達と果物狩りをしようとレナは思い――果物狩りが楽しかったからだけではけしてない――、テシガーラ教父に微笑んで言った。

キナミ教会長は寛大な方だが、教会ナンバー2のテシガーラ教父はガチガチの聖典主義者だから、彼のほうをより攻略すべきだろう。そんな計算だ。

「へ、陛下が、拙のためにモモを摘んで下さるとは……、なんと畏《おそ》れ多《おお》い……！」

レナの提案にそうしてテシガーラ教父が感極まった、ちょうどその時だった。

「閣下《かっか》！　摂政《せっしょう》代行閣下はどちらに！」

足音も慌ただしく、大声でカーイを探す彼の部下がやってきた。

廊下で立ち話をしている女王陛下と王国の法王様とその次席教父、さらにナナンの王子殿下を見て、彼はすかさず跪《ひざまず》いた。

「ご歓談中に、誠に申し訳ございません」

「どうした？」

カーイが軽く会釈《えしゃく》をしてレナ達の前に出て、やってきた部下に尋ねた。

今日、カーイがキナミ教会長と会談することを、彼の部下達は承知していたはずだ。

その会談が終わって執務室に戻ってくるのを待っていられないほどの急用とは何事だろうかと、レナも訝《いぶか》しく思う。

「はっ！　トレオの女王陛下から火急の知らせが届きましたので、失礼を承知で報告に参りました」

「ゼアンカ女王から？」

カーイが聞き返す。

トレオの女王ゼアンカは東方諸島の無数の島々にあった小国をこの十年ほどでまとめ上げた女偉丈夫《おんないじょうふ》だ。

しかし、彼女はあまり社交的な性格ではないらしく、その上、統一の過程であったこの十数年ほどは自国のことで手一杯で、あまり他の国々と交流を持っていない。

だから、女王として主立《おもだ》った国の〈王族〉や〈皇族〉と交流のあるレナでも、かの国の女王とは面識がなく、儀礼的な書簡を一度か二度交わしたくらいの付き合いだ。

——そのゼアンカ女王から火急の知らせ……？

レナにはゼアンカ女王から火急の知らせを受ける理由もその内容もまったく想像がつかなかったし、カーイにしてもそうだったようだ。

微《かす》かに眉根《まゆね》が寄っている。

「はい。ギアン王弟殿下を約束通りレナ女王陛下の王配候補として我が国に差し向けると」

「！」

あまりにも予想外の内容を告げられて、レナもカーイも他の人々も一瞬固まった。

「なんですって？」

「なんだって？」

次の瞬間。キナミ教会長やその他周囲への気遣いもなく、レナ、それにデヴィは憤慨《ふんがい》の声をあげた。

「カーイ！　酷《ひど》いわ！」

レナは――それこそ生まれ落ちた瞬間からだと本人は信じてやまない――ずっとカーイのことが好きで好きで好きなのに、カーイはてんで相手にしてくれない。

年が離れすぎているとか、王配になれるような身分ではないとか。

――〈魔人〉であるとか。

ともかく色んな理由をつけて、レナの告白を拒否っている。

――人間姿のカーイだって狼《おおかみ》姿のカーイだって、カッコイイのに変わりはないし、この王国から海賊や盗賊を一掃《いっそう》したのはカーイだし、摂政代行閣下としてずっとわたくしを守ってミルナートを豊かにしてくれたのもカーイなのに。

どうしてだかカーイは己の価値を過小評価して、レナの求婚を受け入れてくれない。

それどころか、カーイはレナが十五歳の誕生日を迎えてすぐ、国中から王配候補を集めた。

その候補者達が全員脱落すると――別にレナが積極的に脱落させる方向に動いたわけではない。一名ほど暴走があったものの、あとはカーイのジャッジだ――、今度は西のナナン王国からデヴィを王配候補として呼んだ。

そのデヴィはレナではなく、カーイに求婚したりして、てんやわんやの末、結局、彼はレナの友人にはなったが王配にはならなかった。

デヴィのあとも何人か王配候補はやってきたが、話がまとまらないまま――ジェス曰《いわ》く「レナ様もレナ様ですが、レナ様以上に閣下のお眼鏡《めがね》が厳《きび》しすぎる」――レナは十六歳の誕生日を迎えた。

――もういい加減、カーイも観念したと思っていたのに。

ここ三ヶ月ほど、レナは新しい王配候補者に悩まされることがなかった。

だから、レナがカーイ以外の誰も王配にする気がないのだと、彼も観念したと思っていたのだ。

――それなのに！　それなのに!!　それなのに!!!　トレオのギアン王弟を王配候補として招いた、ですって⁉

「誤解です、陛下」

レナに食ってかかられて、カーイはそんなことを言う。

「私はゼアンカ女王陛下に、ギアン王弟殿下を王配候補として迎えたいなど、一言も言っていません」

「でも、実際に船に乗ってミルナートを目指しているという話なんでしょう？　しかも、約束通り、と」

それで誤解とはどういう意味だと、レナはカーイに詰め寄る。

言い逃《のが》れにしても、あまりにもお粗末だ。

「ギアン・チハ王弟殿下かー。確かに摂政代行閣下がレナの王配に据《す》えたそうな人物だよねー」

レナの剣幕に、デヴィが天井《てんじょう》を見上げて軽口を挟《はさ》んだ。

「デヴィ殿下！　余計な口を挟まないで下さい」

「デヴィ、本当？」

カーイとレナに同時に叫ばれて、デヴィは小さく舌を出した。

そのまま彼は明後日《あさって》の方向を向いて余計な口出しはしないという意思表示をしたのだが。

「デヴィ！」

レナに強い口調で名前を呼ばれて、デヴィは肩を竦《すく》め、レナに向き直った。

「……ボクの十二人の兄上の一人、画伯兄上の奥方がチハの出なんだ」

デヴィは苦手な摂政代行閣下に怒られることより、レナの質問に答えないことのほうが後々厄介《やっかい》の種になると判断したらしい。

「チハ……今はトレオだっけ。女王陛下の異母弟ギアン殿下は、トレオの英雄なんだ。勇猛果《か》敢《かん》な武将で男前でクソ真面目《まじめ》な堅物《かたぶつ》で、トレオではとても人気が高い。東方諸島は、質実剛健《しつじつごうけん》って感じのお国柄だからさ」

——勇猛果敢な武将で男前で真面目な堅物で人気者？

デヴィが並べたギアン王弟についての言葉を心の中でレナは復唱した。

——あら、それってカーイっぽい？

一瞬レナはそう思ったが、すぐに心の中で首を十回くらい横に振った。

——バカね、わたくし。カーイより優れた武将で、カーイより男前で、カーイより頑固な人って世の中にいるわけがないわ。

相手は自国では人気者で英雄かもしれないが、このミルナート一の英雄で人気者なのはカーイ摂政代行閣下だ。

レナにとってカーイは唯一無二の絶対的存在だ。

「それは確かに摂政代行閣下が好みそうな方ですね」

「ジェス〰〰〰、お前まで変な言い回しはよせ」

文官モードの着ぐるみが脱げて、素《す》のカーイがジェスを小突いた。

レナはムッと口を尖《とが》らせた。

昔は仲の良い兄のようにレナに接してくれたカーイは、今は四角四面の物言いしかしないし、小突いたりしない。

それがレナはちょっと……かなり淋《さみ》しい。

そんなレナの気持ちをよそに眼鏡の縁《ふち》を触って位置を正すと、またガチガチの文官モードに戻ってカーイはレナに向き直った。

「陛下、ギアン殿下については私の関知しないことです。デヴィ殿下の仰《おっしゃ》る通りギアン殿下は立派な人物ですが、トレオでは次の王と目《もく》されています。ゼアンカ女王陛下が独身で、他に弟妹もいらっしゃらないので」

そのような立場の方なので、とても我が国の王配にと招けなかったとカーイは言う。

その説明は筋が通っていた。しかし。

「でも、約束通りとはどういうこと？　カーイはゼアンカ女王と何か約束をしたのではなくて？」

「まったく身に覚えがありません！」

心外だとばかりに強い口調で返された。

「……か、閣下」

と、その時、レナ達にすっかり存在を忘れられていた部下が、なんとか口を挟んだ。

「トレオの〈鏡士《かがみし》〉が言うには、到着は明日だそうです」

この世界の〈王族〉や〈貴族〉が使える〈魔力〉の大半は大地を〈祝福〉するものだが、極《ごく》稀《まれ》にそれ以外の能力を発する者がいる。

その中の一つ、〈鏡士〉と言われる能力者は、鏡を使って遠方の人間と会話をすることができる。

稀少な能力者なので基本的に高級官僚として各国の王宮に召し抱《かか》えられ、遠方との急ぎの通信を司《つかさど》るのだ。

「明日⁉」

カーイもレナも目を剝《む》いた。

いくらなんでも急すぎる。

「あらぁ〜、トレオからもうすぐレナの王配候補がくるんですって？」

そこへ、常《つね》にカーイの頭痛の種であるレナの母アリアが、今日も華麗な装いの長いドレスの裳裾《もすそ》を引き摺《ず》って現れた。

黄金の髪をプラチナとダイヤモンドの飾り櫛《くし》で高く結い上げ、光沢《こうたく》のある薄黄色のシルクのドレスを身に纏《まと》っている。

そんな彼女は、全身が光り輝いているようだったし、とても楽しそうに見えた。

「お母様！　王配候補なんかじゃありません！」

「押しかけ候補です」

レナとカーイの言葉が重なったが、アリアはぜんぜん二人の話を聞いていない。

「ギアン殿下って、とっても男前なんですってねぇ～。楽しみだわぁ～」

己の婚約者がやってくるかのように、浮かれている。

レナ的には男前だろうと男前でなかろうと、どうでもいい。

――どんな人だって、カーイには敵《かな》わないんだから！

「あの、あ、いえ、閣下」

いつもの口癖《くちぐせ》が出て慌てて姿勢を正し、カーイが頷くのを確認してから、ジェスは口を開きなおした。

「閣下やレナ様のお気持ちは解りますが、我が国として、なんの準備もせずに一国の王弟殿下をお迎えするのもどうかと思われます。港から追い払うわけにもいかないでしょうし」

――うっ。

カーイが招いたのか招いていないのかはともかく、一国の王弟殿下がミルナート王国にやってくるのは間違いない。

頭が痛いが、ミルナート王国として公的には最低限でも歓迎している振りをせねばならないだろう。

「カーイ」

レナがカーイを振り向くと、カーイは小さく頷いて。

「母后《ぼこう》陛下、女官長と相談の上、明晩、歓迎の晩餐会を執《と》り行《おこな》う準備をお願いします。女王陛

下、執務室に戻られましたらウノ秘書官とスケジュールの調整を。ジェス、港からギアン殿下を護衛し、王宮に迎え入れるルートの調整と騎士団員の配置について副騎士団長に至急案を提出するよう伝えてくれ。キナミ教会長様、慌ただしくて申し訳ございません。追って正式な招待状をお出ししますが、ギアン殿下の歓迎晩餐会にお越し頂きたく存じます。デヴィ殿下も」

テキパキと指示を出し貴人方に一礼すると、カーイは自分の執務室に向かって歩き出した。

レナも予定外の国賓《こくひん》――招いた覚えはなくても、トレオの次期国王である。国賓扱《あつか》いをせねばなるまい――を迎える準備をしなくてはならない。

教会長達に挨拶《あいさつ》をするとそそくさと自分の執務室に戻り、ウノ秘書官とスケジュールの調整について話し合う。

ジェスもデヴィも同様にそれぞれの立場で、ギアン王弟一行を迎える準備に走った。

……そうして、あまりに思いがけない出来事で、しかもギアン王弟を迎える準備が忙しかったので、レナもカーイも他の誰もがうっかり大事なコトを先方に確認するのを忘れた。

約束通りとは、何のことかと。

④

「ようこそ、ギアン殿下」

王宮の玄関ホールで待ち構えていたカーイは、ジェスに案内されてやってきたギアン王弟殿下に礼儀正しく挨拶《あいさつ》した。

「私はカーイ・ヤガミ。ミルナート王国の摂政《せっしょう》代行の職にあります。以後、お見知りおきを」

ナナン王国のデヴィ王子殿下を迎えた時と違ってカーイがわざわざ玄関まで迎え出たのは、この押しかけ王配候補を一分一秒でも早く自分の目で確認したかったからである。

――でかいな。

トレオでは軍人のことを防人《さきもり》と呼ぶ。

その制服で防人服と呼ばれる、詰め襟《えり》の上着にブルーグレーの分厚いフェルトのコートを着たギアン殿下に対して、最初に思ったのはそれだった。

対面した時に視線の高さがカーイと合う男は、滅多《めった》にいない。

目方のほうはギアン殿下のほうが上だろう。広い肩幅や胸の厚さは冬服のせいだけではあるまい。

眼鏡《めがね》越しとは言え、たいていの男が怯《ひる》むカーイの視線を臆《おく》することなくギアン殿下は見返してくる。

「――トレオのゼアンカ女王陛下の異母弟ギアン・チハだ」

コートのポケットに両手を突っ込んだまま、ぶっきらぼうな口調で名乗られた。

ちなみにトレオの公用語はミルナート王国語だ。東方諸島の統一の際にどの王国の言葉を選択しても不公平が生じるだろうと、ゼアンカ女王陛下が世界の貿易商達の共通語であるミルナート王国語を公用語に定めたのだ。

ギアン殿下の褐色《かっしょく》の顔は、彫りが深く、くっきりとした太い眉《まゆ》の下に、血のように赤い大きな眼が印象的だ。

十人中十人が美形と判を押すだろう整った顔立ちである。

しかし、白銀の髪はごく短く切り揃《そろ》えられていて、洒落《しゃれ》て浮《うわ》ついた感じはどこにもない。

背筋の伸びた姿勢や歩き方、話しぶりもデヴィ殿下が言うようにクソ真面目《まじめ》な堅物《かたぶつ》らしい立ち居《い》振る舞いだ。

いかにも軍人らしいと、カーイ的にはデヴィ殿下よりはずっと好感が持てた。が。

「ミルナートでは人を歓迎する時、喪服《もふく》を着るものなのか？」

その不躾《ぶしつけ》な質問でカーイが抱《いだ》いた好感は即座にマイナスとなった。

確かに他国の王族を迎える時は盛装するのが礼儀だろう。

だが、自分はコートも脱がず、ポケットに手を入れた状態のくせに、初対面でまずそこに言及するかとカーイは機嫌を傾ける。

たいていのことは流せるが、親友のための喪服にケチをつけられるのはカーイ的に一番我慢ができないことだった。

「——私は喪中ですので」

怒りが声に出なかったのは、官僚モードがきちんと機能しているからだ。

「喪中？　あんたは天涯孤独の孤児と聞いたが」

どこか見下した風に言われた。

公爵を名乗っていても元は平民のくせにと言わんばかりの口調である。

——〈貴族〉とか〈王族〉とか、血統や家柄に拘《こだわ》るクチか。

カーイはうんざりしながら、脳内の王配候補用採点表にマイナス千百三十と書き込む。

——この失点は大きいぞ。

くだらない差別主義者を大事なレナの王配にするわけにはいかないのだ。

——顔に痣《あざ》があるというだけで、我が子を遺棄《いき》できるような奴《ヤツ》を、二度とこの国の〈王族〉にはしない。

第二、第三のラースを生まない。

それはカーイが己《おのれ》に課している絶対守らなければならない誓《ちか》いの一つだ。

「前国王陛下の喪が、明けておりません」

文句があるかとカーイはギアン殿下を眼鏡越しに睨《にら》みつけた。

カーイにとって、親友ラースの喪は何年経《た》とうと……そうおそらく一生、明けることがない。

「ミルナートの前国王は十七」

「カーイ・ヤガミ摂政代行閣下《かっか》」

十七年も前に亡くなっただろとか無神経にもほどがあるようなことを言いかけたであろうギアン殿下を制して、小柄な女性が彼の背後から出てきた。

主《あるじ》と違って、カーイの放つ不穏な空気を読んだらしい。

「初めてお目にかかります」

と、下げた頭はブラウンヘアで、耳の後ろのところでしっかりと編んでお団子にしている。

ギアン殿下と同じブルーグレーのフェルトのコートは、建物に入る前に脱いだらしく、きちんとたたんで左腕にかけている。

身に付けている物は男のギアン殿下や他の付き人と同じ防人服……つまり男装だ。

しかし、女性らしい体つきのせいでジェスと違って一目で女性と判る。

「自分は、トレオの貿易大臣グレナスの娘サマラ・グレナスと申します。ギアン殿下の一の従者を務めております」

軍人らしいハキハキとした名乗りである。

トレオの貿易大臣グレナスとは、先日の国際会議で若干《じゃっかん》の面識がある。

確かチハの伯爵の一人で、ゼアンカ女王陛下の譜代《ふだい》の忠臣だ。

小柄な体軀《たいく》ながら、質実剛健《ごうけん》を旨《むね》とする国らしい武人の気配を漂《ただよ》わせていた。

——あの大臣の、娘……？

顔立ちは父とはあまり似ていない。

ギアン殿下と対照的に、彫りの浅い顔立ちは、そこそこ整っていたが美人かと言われると、判断が難しい。化粧っ気がまるでないからかもしれない。

「このたびのご招待、ギアン殿下はもちろん従者一同も望外の喜びでございます」

——は？　ゴショウタイ……？

いや、押しかけてこられたんだが……と、カーイが返す間もなく、サマラと名乗った男装の女性は、さらに前に一歩出た。

「それにしてもなんて……なんて、美しい建物でしょう！」

カーイのそんな困惑を余所《よそ》に、サマラは両手を口元で握り締めてミルナート王宮の玄関ホールから大理石の大階段や繊細《せんさい》な彫刻が施《ほどこ》された柱、優美な壁紙などを感極《きわ》まる様子で眺めた。

「こちらの宮殿は、〈大洪水〉前の世界で最も美しい宮殿の一つと謳《うた》われたシェーンブルン宮殿を模したと聞きましたが、本当ですか？」

ブラウンの瞳を輝かせた、子供のような手放しの賞賛と無邪気さ溢《あふ》れる質問に、カーイはいささか毒気を抜かれて、つい回答する義務もないのに回答してしまう。

「……元々この建物は二百年ほど前の王がバロック様式で建てていて、七年前の改築の際に、外壁をシェーンブルン宮殿に倣《なら》って薄い黄色に塗《ぬ》り、内装をロココ様式に改めたのです。……前国王ラース陛下が生前、そのようにしたいと仰っていたので」

カーイの一番の親友だったラースは、美しいものが好きだった。

――と、言っても、遺棄《いき》に近い形で北の離宮に追いやられた奴と、孤児の俺の手に届くものは、野に咲く花とか小川で見つけた変わった色の石とかくらいだったが。

彼が国王に即位しても、それはあまり変わらなかった。国自体が貧困に喘《あえ》いでいたから。

今は美しく飾られたこの宮殿も、ラースが即位した当初は、けして美しくはなかった。

王室が豊かな頃に作られた建物自体は頑丈《がんじょう》だったが、装飾品など持ち出せる物は全て持ち出し、売り払われているほど貧していたのだ。

また、国王夫妻と王太子を死に追いやった疫病《えきびょう》の影響で、使用人達も絶対数が減っていた。掃除はまったく行き届かず、どこもかしこも歩く度《たび》に綿埃《わたぼこり》が舞い、蜘蛛《くも》の巣があちこちに張っていて、まるで廃墟《はいきょ》のようであった。

〝……セレーの皇女が嫁《とつ》いでくる前に、彼女が暮らす箇所《かしょ》と結婚式の披露宴《ひろうえん》会場になる大広間だけは、整備しないとね〟

アリアとの婚約が決定したあと、掃除もろくに行き届いていないがらんとした宮殿の表玄関ホール――ちょうど今カーイ達がいる場所だ――に立って、ラースは言った。

〝あの女の持参金があるだろ。この宮殿全部改築してもおつりが出るほど〟

カーイがそう言うと、ラースは肩を竦《すく》めて苦笑した。

〝宮殿の見栄えがいいのにこしたことはないけど、国の立て直しが最優先だよ〟

〝――〟

カーイは押し黙った。

ラースの言い分は解る。

王宮を飾り立てるより、国を立て直すことを優先するのは、為政者《いせいしゃ》として褒《ほ》められるべき態度だとカーイだって解っているし、一応国民の一人として国王はそうすべきだとも思う。

――でもさ、ラース。お前、国王になって何かいいことがあったか？　毎日昏倒《こんとう》寸前まで働いて、国のために評判の悪い女を嫁《よめ》に押しつけられてさ。そんな貧乏クジを引いているんだから、ちょっとくらいお前が自分の執務室を快適にしたって、バチは当たらないと思うぞ。

口にしなかったそんなカーイの思いを読んだのか。

ラースは宥《なだ》めるような笑みを浮かべた。

〝まあ、いつか……、いつかミルナートが本当に豊かになったら、〈大洪水〉前にあったというシェーンブルン宮殿みたいに、この王宮を飾り立てるよ〟

〈美の泉〉という意味を持つらしい――それが、本当かどうかも判らないくらい記録は散逸《さんいつ》していた――その宮殿に、ラースは憧《あこが》れていた。

ただ、その名前が気に入っていただけかもしれないが。

〝ミルナートは本当に美しい国で、王都は綺麗な街で、宮殿も美麗だと、他国の人が驚くような――〟

そうラースは夢を語った。

〝――たとえ国王がどれほど醜《みにく》くても、この国は美しいと、謳ってくれるようにしたいね〟

生まれつき顔にあった痣《あざ》のせいで両親から遠ざけられ、殺されかけたラースは、カーイには何一つ不足ない素晴らしい親友だった。

それでも親兄弟に拒絶された傷は深く、ラースは死ぬまで己の容姿を苦にしていた。

〝僕は美しいものが好きなんだ。だから、カーイ。君が親友で本当に嬉しい。もちろん君が美しい狼《おおかみ》の姿と美しい人間の顔を持っていなくても、僕が君を好きなことに変わりはないけれど〟

でも、と、ラースは言った。

〝己が醜いのもつらいのに、親友までも醜かったら、ちょっと哀《かな》しすぎるよね〟

己の醜さを憎《にく》み、疎《うと》み、哀《かな》しみ、親友であるカーイが端整な容貌《ようぼう》をしていることやアリアの美貌を、ラースは心から喜んでいたのだ……。

だから、王宮を改築できるほどの余裕が王国の財政にできた時、カーイは調べられるだけ調べて、ラースの王宮を判る限りシェーンブルン宮殿に近づけた。

——もう、ラースは、ここにいねぇのにな……。

「そうでしたか」

追憶《ついおく》に気を取られていたカーイの耳に、サマラの声が飛び込んでくる。

「トレオにはまだ、このように美しい建物がないのです。ええ、もちろんいつか、我らが偉大なるゼアンカ女王陛下も、陛下の偉業に相応《ふさわ》しい絢爛《けんらん》豪華な王宮を建てられますでしょうが」

そう言って、サマラは改めて憧憬《しょうけい》の目で宮殿内を見回すと。

「よろしければ、滞在中にこの宮殿をスケッチさせて頂《いただ》けないでしょうか？　もちろん外国人に非公開の所には入りません」

「それは構わないですが……」

ここまでサマラに会話をさせて、ようやくカーイはおかしなことに気づいた。

男装の女性というのは、この世界にはそうそういない。

常日頃《つねひごろ》、ジェスやスズのように男装が妙に板に付いた女性が傍《そば》にいるせいか、ついつい見過ごしていた。が。

「………ギアン殿下、この女性は？」

——レナの王配候補として押しかけてきておいて、女連れとは良い度胸じゃねぇか、ええ？

前もっての根回しもなく王配候補としていきなり乗り込んだ上に女連れとは、よくもここまで外交的非礼を重ねてくれたものだと、カーイは腹の中で怒りを煮えたぎらせた。

今まで空気と化して傍に控《ひか》えていた客人達の先導役であるジェスが、顔を強《こわ》ばらせたのを視界の端で捕らえる。

ジェスが顔色を変えるほどのカーイの怒気に対して、尋ねられたギアン殿下は大きな眼を瞬《しばたた》いた。

「サマラは、さっき自己紹介していただろう」

数分前のことも覚えていないのかとばかりの呆《あき》れ顔でギアン殿下が言えば。

「はい。もしかして聞き逃《のが》されましたでしょうか？」

悪気ゼロなのが判る口調でサマラも言う。

「自分は、トレオの貿易大臣の」

「そうじゃない」

先ほどの自己紹介を繰り返されそうになって、カーイは思わず遮《さえぎ》った。

他国の王族に対していると言うのに、怒りのあまり素になってしまった。

官僚としては、失態である。一歩間違うと、これからのトレオとの外交でこちらの失点としてあげつらわれてしまう。

カーイは眼鏡の縁《ふち》に手をやり、心を落ち着かせる。

――腐っても、こいつらはトレオの王弟と伯爵令嬢。トレオの王弟と伯爵令嬢……。

「そこを質問したのではありません。なぜ、彼女がここにいらっしゃるのでしょうか？」

王配候補としてミルナートの王宮に乗り込んできたくせに、女連れてきてんじゃねーよ――と言う意味の言葉を四角四面の官僚モードでカーイが問えば。

「専属の従者だからだが？」

「自分は殿下の一の従者なのです。ええ、殿下が一歳にもならない頃から。父グレナスが殿下の養育係でしたので」

まったく裏の意味が伝わってなさそうな二人の邪気のない返答がきた。

――伝われよ！　一応、一国の王弟なら、この場面でミルナートの政府代表が言いたいことなど、解って当然だろ！

むしろ何故伝わらないのか、カーイには謎《なぞ》である。

二人はちゃんとミルナート王国語を話しているのだが、カーイのまるで知らない国の言葉で喋《しゃべ》っているかのようだ。

通訳を求めたいが、どこにこの二人の言葉を真っ当なミルナート王国語に訳してくれる人間がいるのか、カーイにはとんと見当が付かない。

ジェスはと見れば、カーイと同意見らしい困惑した表情を浮かべていた。

「なぜ、女性のあなたが？」

しかたがないので、もう一歩カーイは踏み込んだ質問を繰り出した。

「なぜって……グレナスが自分の養育係で」

「父だけでは手が足りず、殿下の面倒は殿下が一歳にならない頃から自分が見ていました。自分は殿下より四つ半年上なのです」

第一印象で二十歳前後かと思っていたが、どうも違うらしい。

ギアン殿下は今年二十二だから、サマラは実は二十代半《なか》ばを超えていたようだ。

化粧《けしょう》っ気《け》がない分、幼く見えたのかもしれない。

「……恐れ入りますが、摂政代行閣下におかれましては、もしや自分を殿下の愛人か何かと誤解されていますか？」

誤解も何もそうとしか思えないので、カーイが頷くと。

「それはございません！　自分はあくまで従者でございます！」

大袈裟《おおげさ》なくらいサマラは強い口調で言った。

そこまで激しく否定すると、ギアン殿下に失礼なのでは？　――と、思わずカーイが殿下を見遣《みや》る。

が、殿下のほうは殿下のほうでサマラに対して心底申し訳なさそうな顔をして。

「うむ。自分もサマラはいい加減、防人服を脱いで嫁に行くべきだと思っているのだが……」

確かに女性は二十代後半ともなると、この世界では行き遅れの部類だ。男装であることも含めて教会から何かと言われているのではないだろうか。

——トレオの法王がうちのキナミ教会長より寛大なタイプとも思えないし。

キナミ教会長のような柔軟《じゅうなん》さのある教会長のほうが世間では珍しい。

「……お恥ずかしい話ですが、我が国はご存じのように何分、統一して間のない国です。殿下の身近に置けるほど信用のおける人間が、そうそういないのです」

チハ王国が東方諸島の統一を果たし、東方諸島連合王国を名乗るようになったとは言え、併《へい》呑《どん》された国々の〈王族〉やら〈貴族〉には未《いま》だに不満分子がいるのだろうと、カーイは当たりを付ける。

どこの国でも信用のおける部下を見つけるのは大変らしい。

年上の幼馴染みなら安心して世話を任せられるという考えは、自分も幼馴染みのラースに仕《つか》えた経験から理解できはするのだが。

「摂政代行閣下のご心配も解りますが、殿下は自分にとっては弟、いえ、息子みたいなものでございます。けしてレナ女王陛下に不快な思いはさせません！」

「しかし……」

事情は解るが、やはり妙齢の女性を一の従者として連れ歩く男というのはどうなのか。

——それもレナの王配候補としてやってきておいて、だ！

やはり納得がいかないカーイの不満顔に、サマラも必死の形相《ぎょうそう》で言葉を重ねる。

「殿下は自分にとって息子も同じなんです。自分が育てた子供に恋する愚《おろ》か者《もの》は世界中を探してもいないのではないでしょうか」

「それは……」

なんだか妙に痛いところを不意打ちされた。


自分が育てた子供に恋する愚か者は世界中を探してもいない。

そう言われれば、カーイとしてはその通りとしか言えない。

自分が育てた子供に恋するなんて、養育者としてありえない。

——ましてや、親友の忘れ形見に。


「ところで」

カーイが言葉を失ったところで、反撃とばかりにギアン殿下が口を開いた。

「カーイ・ヤガミ殿は、武芸も嗜《たしな》まれるとか。一つ、棒術のお相手を願いたい」

「……今から、ですか？」

時刻は午後になったばかりだ。

時間帯はともかく、到着早々、その国の首脳と言ってよい人間に試合を申し込むとは、礼儀も何もあったものではない。

——まあ、優秀な軍人と評判の王弟殿下だ。手強《てごわ》いと噂《うわさ》されている人間とは一通り打ち合いしないと気が済まないのかもしれないが。

「今から」

どうも予想以上に好戦的な若者らしい。

「船旅でお疲れでは？」

夜の晩餐会《ばんさんかい》に出席してもらわないと準備した手前、色々困るんだがな――と、カーイが思いながら、渋ってみせた。が。

「体が鈍《なま》っている。一汗かきたい」

……伝わらなかったようだ。

「……手加減なしでよろしければ」

「手加減など不要だ！」

どうやら晩餐会は主賓《しゅひん》が不在になることが決まったようだと、カーイは内心肩を竦《すく》めた。

5

「誠《まこと》に申し訳ございません。到着早々こんなご迷惑を皆様におかけしまして」

レナの前に立ったまま、サマラが一分の隙もなくキッチリ編んだお団子の頭を下げる。

「謝ることはないわ、サマラ」

王宮の貴賓室《きひんしつ》のソファーの上で、お茶のカップを片手にレナは鷹揚《おうよう》に微笑《ほほえ》んだ。

閉ざされた扉の奥、この部屋の続き間のベッドの上には、先ほど綺麗に一本決められて気を失ったギアン王弟が横たわっている。

「わたくし、久しぶりに本気で棒術の試合をやっているカーイを見ることができて、本当に嬉しかったですから！」

と、レナはギアン王弟を見舞いに来たのに、先ほどの試合の興奮冷めやらず、つい本音を言ってしまった。

「さ、さようで、ございますか……」

サマラが驚いたような顔つきをしたので、レナは己《おのれ》の失言に気づいた。

——あ！　こ、この場面でこんなことを言うのは、立派な女王様らしくないわよね。気をつけないと。まあ、そもそもカーイがカッコよすぎるのがいけないんだけど。本当に困ってしまうほどカッコイイのよね、カーイって。昔から素敵だったけれど、今日は一段と……。

（……レナ様……）

レナの思考が目の前のサマラから遠く離れていっていることに気づいたのか、背後に立つジェスが小声で注意する。

ええっと……と、レナは慌てて思考をサマラに戻し、彼女に向けた女王陛下らしい外交辞令な言葉を探す。

「こ、こちらこそ船旅でお疲れのギアン殿下に、いくら殿下が手加減なしでよいと言われたからと言って、本当に手加減なしで試合をするなんてカーイも……、ああ、いいえ。うちの摂《せっ》政《しょう》代行も本当にしかたのない人で、申し訳ないですわ」

──あら、なんだか劇とか小説に出てくる奥様の台詞《セリフ》っぽーい。

なんて一瞬前の反省はどこへやら、レナは言っているうちについついニマニマしてしまう。

実際二人の試合は見所満載だった。

カーイの棒術は卓抜《たくばつ》しすぎていて、一瞬で勝負が付くことが多いので、御前《ごぜん》試合が催《もよお》されても、一分も経《た》たずに終わってしまう。

それがギアン王弟とは結構な打ち合いになったのだ。

──もちろん相手を瞬殺するカーイは、カッコイイんですけど！　圧倒的にカッコイイんですけど！

しかし、恋する乙女《おとめ》としてはそのカッコイイ勇姿を一瞬とか言わず一時間でも一日でも眺めていたいわけで。

王弟のおかげでカーイのカッコイイところを堪能《たんのう》できたのは間違いない。

「お疲れのところとは言え、ギアン殿下の技量も見事でしたわ」

その感謝の意味も込めて、サマラに座るよう勧めた後、レナが無難な社交辞令を繰り出せば。

「はい。閣下《かっか》と二十合近く打ち合いをされるとは、ギアン殿下の技量は見事なものでした。きっと殿下が万全な体調の時でしたら、摂政代行閣下といえども勝負はどうなったことか解りません」

レナの背後に控《ひか》えるジェスが、如才《じょさい》なくギアン王弟を持ち上げ、褒《ほ》める。

――あら、万全な体調の時だってカーイが勝つに決まっているわ！

そうレナは即座に胸の中で反論した。

しかし、それを女王である自分が口にするのは外交的によろしくないだろうと判断するだけの理性が、かろうじて残っていた。

「ジェスの最高記録より上だったかしら？」

背後に立つジェスを振り返ってレナが問うと。

「はい。おそらく近衛騎士団副団長達の記録も超えていたかと」

ジェスの言葉に、レナの隣に座ったデヴィが口を尖《とが》らせた。

「どーせボクは一合の打ち合いもなく、瞬殺されたよ」

「デヴィは棒術は最低限の修行しかしていないのだから、それはしかたないわ。下手《へた》に頑張ってその芸術的な顔に傷が残ったら、わたくしもカーイもナナン国王様や大兄上様にどんな叱責《しっせき》を受けるか解らないわ――前回は許して貰《もら》えたけれど」

そう友人を宥《なだ》めてから、改めてサマラを見る。

トレオでは防人服《さきもりふく》と呼ばれるブルーグレーの詰め襟《えり》式の上着にズボンにブーツという格好は

男性のものだ。

だが、ジェスのような短髪ではないし、女性らしい凹凸《おうとつ》のある体型をしているので、男性と見間違えられることはまずなさそうだ。

——ジェスはずっと引きこもりのお兄さんの代わりを務めてたから、男装の女性とばれることは少なかったみたいだけれど。

それでも女性とバレた時などは色々言われたわけで、手のひらを返されるのがつらかったと言っていた。

——サマラはどう見ても男装の女性って丸解りだけれど、教会から色々言われたりしないのかしら？

「トレオは〈地母神教〉の信仰深い方が多くて、男装をされる方は少ないと聞きました」

ふと好奇心に駆られて尋ねてみると、テーブル越しに座ったサマラの表情が曇った。

「少ないと言うより、自分くらいではないかと思います。ドレスよりズボンのほうが断然動きやすくて、楽なんですが。女らしくないと言われれば確かにそうなので……」

——ああ、やっぱりそうなのね……。

女性は女性らしくと言うけれど、別に服装だけで〈女性らしさ〉が決まるほど単純ではないとレナは思う。

「あ！　陛下が男装を不快に思われるのであれば、ドレスを着ます。一応、準備はしてきておりますので」

そんな反応が返ってくるとは一ミリも思っていなかったレナは、吃驚《びっくり》した。

「まあ！　わたくし、不快になんてぜんぜん思わなくてよ」

ジェスのように男装の麗人とまではいかないが、ブルーグレーの防人服はサマラに似合っていた。

キビキビとした動作が、長年防人服で頑張ってきたのだと解る。

「それに、サマラが自分のお仕事をする時に一番勝手の良い服がその服だというのであれば、わたくしにあれこれ言う権利などないでしょう？　サマラはギアン殿下に仕《つか》えているのだから」

そうレナが言うと、驚いたことに見る見るうちにサマラのブラウンの瞳から大量の涙が流れ落ちた。

「……サ、サマラ……？」

自分は何か失言をしただろうかとオロオロとデヴィやジェスを見るが、レナの信頼厚い二人の友人もサマラの突然の涙に固まるばかりである。

「……し、失礼しました」

ポケットから引っ張り出したハンカチで頬を拭《ぬぐ》いながら、感激した面持《おもも》ちでサマラは言う。

「レナ女王陛下は本当に素晴らしい方ですね！」

「……あの……？」

唐突に褒められても意味が解らず、レナは首を傾《かし》げる。

「……失礼しました。ええ、我が国の偉大なるゼアンカ女王陛下も、自分がお仕えするギアン王弟殿下も、自分が男装することをとやかく言われたりはしません。自分の好きにすればいいと仰《おっしゃ》ります」

「……でも、色々言う方々も多いのね？」

レナが問うと、サマラは泣き顔をくしゃりと歪《ゆが》ませた。

なんとか笑顔を作ろうとしている努力が、痛ましい。

男装をしているのはデヴィのひいひいひいお祖母《ばあ》様であるスズもそうなのだが、彼女は一応ナナンでは普通の女性の格好をしていたと言っていた。

〝ナナンと違って、ミルナートはその辺が緩《ゆる》いし、子供も孫もひ孫もたんといる老い先短い年寄りなんだから、死ぬまでの短い時間くらい好きな格好をさせろと言ったら、ミルナートの教母達はすぐに諦《あきら》めてくれたよ〟

なんてデヴィに語っていたらしい。

緩いと言っても、ジェスは故郷では兄の名前を名乗って男装女子であることをごまかしていた程度に、ミルナートも田舎《いなか》のほうでは世間の目が厳《きび》しい。

先日キナミ教会長にレナが自《みずか》らもいだ果物を大量に渡したのも、デヴィの件もあるがジェスに対しての風当たりを弱めるための工作でもあった。

――ジェスの田舎と比べても、厳しい土地柄なんでしょうね、トレオは。

「……トレオは信仰心の厚い方が多いので、自分みたいな格好をして、防人の中に混じっていると、女らしくないと言われてしまうんですよね」

レナの推察は当たっていたようだ。

「自分もギアン王弟殿下と一緒に父に育てられたので、あまり女性らしい技能を持っていないと言いますか、……料理裁縫《さいほう》などより、棒術や護身術が得意で、学問は詩や音楽などより建築学とか物理学がずっと好きなのです」

声を潜《ひそ》めるサマラが安心してくれるようにと、レナはにっこり微笑《ほほえ》んだ。

「ジェスと同じね！」

「はい。わたしも料理や裁縫は不得意です。物理学とか建築学は、実家にいる頃に基礎を学びましたが、確かに面白いですよね」

「……女性らしくはないですが」

ジェスの言葉にサマラが俯《うつむ》いて言う。

〈大洪水〉以前は解らないが、今はどこの国でも建築学とか物理学は男性的な学問として扱《あつか》われる。

建築の現場にも女性は飯炊《た》き係くらいしかいない。

良妻賢母を女性の最良の姿とする〈地母神教〉では、働く女性はあくまで家事で使う技能を職にしているという考え方だ。

だから、調理や裁縫、育児、介護といった仕事が主《おも》だし、それに関わる学問を修めることが推奨《すいしょう》される。

——サマラも大変ね。

手を伸ばして、レナはサマラの手を取った。

「わたくしの国の法王様が仰るには、地母神様が一番望んでいるのは、人々が幸せに暮らすことなんですって」

他の教父達と違って、キナミ教会長のそういうところが、レナは大好きだった。

「教義に縛《しば》られて、不幸になるくらいなら、自由に生きて幸せになったほうが地母神様の御心《みこころ》に叶《かな》っているんじゃないかしら」

「……レナ女王陛下……」

またサマラの瞳から涙がぽろぽろと落ちてくる。

「女らしくとか男らしくとかいうことより、サマラがサマラらしく生きることが大事だと思うわ」

「レナだって、料理ができないしね」

デヴィが混ぜっ返す。

「まあ！　わたくしだって料理を学ぶ機会があればちゃんとできると思うのよ。カーイが女王が料理をするなんてありえないと言わなければ。デヴィの棒術と一緒よ」

「それ、今、言う？」

デヴィが不満そうに口を尖らせ、レナ達がクスクス笑うと、サマラからもやっと綺麗な笑みが零れた。

「レナ女王陛下の寛大さには、誠に感服いたしました。ご自身の王配となる殿下が男装の女の従者を連れてきたなんて聞けば、普通はそれだけでご不快になられて当然なのに、こんな優しいお言葉を頂《いただ》けるとは……」

――あ。

言われてレナは気づいた。

――そうだったわ。ギアン王弟はわたくしの王配候補として、王宮に来たのだったわ。

デヴィもスズという男装の女性を連れてきたが、スズの見た目は五十代だったし、明らかに護衛兼お目付役と解ったから誰も問題にしなかった。

しかし、サマラは違う。

ギアン王弟と年も近く、二人が恋愛関係にあると疑っても不思議ではない。

ギアン王弟のおかげでカッコイイカーイを久々に堪能《たんのう》できて美味《おい》しかったです！　――なんて浮かれる前に、この結婚話を破談に持ち込める何よりの相手の落ち度に踏み込むべきだったと、遅まきながらレナは気づいた。

――えっ、えっと。でも、今さらサマラに冷たく当たるのも……。

周囲からすでに充分傷つけられているようなサマラに冷たくなんてできない。

いや、そもそも人に冷たくすることにレナは慣れていない。

「……サ、サマラは、ギアン殿下が一歳にならない頃からの従者と聞きました」

ジェス情報である。

「はい。自分は五つでした。その時から、殿下に忠誠を誓《ちか》っております。レナ女王陛下」

サマラは姿勢を正した。

「自分にとって殿下は弟や息子と同じような存在です。それでも陛下が自分の存在を不快に思われるのでしたら、いつでも故国に戻ります。ミルナートは美しい建物が多くて、自分にとって一日でも長く見聞したくてやまない憧《あこが》れの国ですが、殿下と陛下の幸せの邪魔をしたくはありませんから！　……た、ただ、本当に殿下を安心して任せられる人材が我が国にはいませんで……できれば、今しばらく自分を従者として殿下の傍に置いて頂ければ幸いに存じます」

深々と頭を下げて頼まれる。

〝殿下と陛下の幸せの邪魔をしたくはありませんから！〟

――それ、は……。

「……サマラ、サマラは本当はギアン殿下のことを」

「ご、ご心配に及びません！　レナ女王陛下の美しさに比べたら、自分などゴミも同然でございます！」

——ええ……っと。

サマラはギアン王弟のことを好きかと尋ねようとしたのに、途中で彼女から前のめりにひどく自虐的《じぎゃくてき》な台詞《セリフ》を返されてしまった。それに。

「……美しさ、と、言われても……」

レナは困惑する。

レナの容姿を誰もが賞賛するが、カーイはここ数年、ほとんど褒めてくれない。

——子供の頃は世界一可愛《かわい》い姫君だとか言ってくれたのに。

カーイにとってレナがそんなに可愛いと思えない顔立ちなら、ギアン王弟にとってだってレナはそんなに可愛くは見えないかもしれない。

「美しさというのは、人それぞれ基準が違いますわ」

そうレナは思う。

「別にサマラは醜《みにく》くないし、わたくしのような顔より、サマラのような顔立ちを好ましく思う人は世の中にはいっぱいいると思うの。だから、自分をゴミとか言わないで」

「いや、さすがにそれは無理があるよ、レナ」

デヴィが混ぜっ返す。

「一般論としてはレナのほうが断然美人なんだから、そういう言い方って逆にサマラを傷つけるんじゃないの？」

「え？　そ、そうかしら……。だって、わたくし、カー」

「あー、ハイハイ。了解了解。それ以上、言わなくていいから、黙って」

カーイにまったく可愛いとか綺麗とか言われてないんですもの……というレナの言いたいことを読み取ったデヴィが、ものすごく雑にレナの言葉を止めた。

そんなやりとりに、レナの言葉がレナ自身の本心からで、サマラに対する嫌みや皮肉ではないことを理解したのか。

サマラは胸に己の両手を重ねて、しみじみと言った。

「レナ女王陛下は、本当に心優しい方ですね。ギアン王弟殿下の伴侶《はんりょ》にこれ以上ない方だと、自分は心底感じ入りました」

――か、関係者に気に入られてしまったわ……！

破談にする気満々なのに、相手の一の従者にこんなに気に入られるとは、どうしたものか。

「――レナ女王陛下」

内心レナが頭を抱《かか》えていると、いつの間にか、カーイにのされてベッドで寝ていたはずのギアン王弟が続き間の入り口の所に立っていた。

「殿下！　もう大丈夫なのですか？」

サマラが飛んでいくが、ギアン王弟は手を振るとゆっくりとレナの傍まで歩いてきて、いきなり跪《ひざまず》いた。

と言うか、正確には正座してきた。

「レナ女王陛下、どうか自分を陛下の王配にして頂きたい」

「！」

なんの前置きもなく直球である。

カーイとの試合の前に簡単な挨拶《あいさつ》は交わしたが、やってきた当日にこんな直球なプロポーズをされるとは、さすがにレナも思っていなかった。

「自分は戦《いくさ》しかできない無骨な男で、陛下のような賢く可憐《かれん》な女王陛下には相応《ふさわ》しくない男だとは重々承知している。しかし、努力する。この美しい王国に相応しい男になるよう最大限の努力をする。だから、どうか自分を陛下の王配にしてほしい」

母が口うるさく言うには、プロポーズの作法として、男性は女性の足下に跪くものらしい。

が、ギアン王弟は跪くどころか土下座している。

トレオの次王と目《もく》されている王弟に恥も外聞もないような懇願《こんがん》をされて、レナは正直途方に暮れた。

「へー、何、それ？　レナに一目惚《ぼ》れ？」

レナの困り具合を見て、デヴィが例の捻《ひね》くれた口調で助け船を出してくれた。

「……自分は一目惚れというのは正直よく解らん。ただ、失礼ながら、少し前から隣室で陛下方とサマラの会話を聞いていた。そして、陛下は美しいだけでなく、得がたい美質の持ち主だということをよく理解した」

訥々《とつとつ》とギアン王弟が語る言葉は正直な感想で、裏のなさが窺《うかが》えた。

「まあ、確かにレナの良いところ、解ってるみたいじゃん」

面白くなさそうな口調でデヴィが相槌《あいづち》を打つ。

「陛下は本当に優《すぐ》れた美質の持ち主です」

ジェスも頷くが、褒めそやされるレナとしてはちょっと皆、黙っていてほしいと言うのが本音だ。

「だが」

と、顔を上げて強い口調でギアン王弟は言った。

「だが、何より、カーイ・ヤガミ殿が、素晴らしい！」

――……はい？

この場にいたギアン王弟以外の者達は、一瞬自分の耳を疑った。

ここは女王レナの素晴らしさを語る場面であって、摂政代行閣下を褒める場面ではないだろう、と。

「ヤガミ殿は恐ろしいほどの男前です。自分はあのように顔が良すぎる男は好きではありません。それは顔が良い男は不誠実な奴《ヤツ》が多く、自分が知る限り、顔の良い男はどいつもこいつも、何人もの女性を食い物にするような者ばかりだったからです」

──まあ。

レナは少し呆《あき》れた。なぜならば、このギアン王弟も一般的には〈顔が良すぎる男〉の範疇《はんちゅう》に入ると思ったからだ。

──でも、こんなことを言うということは、自分はそういう不誠実で女性を食いものにするような者ではないってことかしら？

確かにそんな不誠実な男ならば、サマラはもっといい加減な仕え方をしているし、彼の幸福のためにミルナートを見聞するのを諦めるなんて言い出さないだろう。

そんなことを思っていると。

「だが、ヤガミ殿は違う。ヤガミ殿は不誠実とはほど遠い方だ。そうではないですか？」

「ええ！」

ギアン王弟の問いかけに、レナは力強く頷いた。

この時点で、自分が彼にプロポーズされた直後だと言うことが、すっかりレナの頭から抜け落ちている。

「カーイは不誠実の対極にいるわ！　彼ほど誠実な人間はいなくってよ。まあ、考えてもみて。自分の親友が亡くなったあと、国を乗っ取ることだってできたのに、カーイは赤子のわたくしを女王にし、政治のことなど右も左も解らないお母様を助けて、この王国をここまで豊かで美しい国にしたのよ。ただ、お父様との友情のために。そんなことが不誠実者にできると思って？」

「思いません！」

長々とカーイのことを語るレナに、ギアン王弟は要所要所で強く頷き、最後に力の籠《こ》もった強い口調で同意してくれた。

「ヤガミ殿がいつも喪服《もふく》を纏《まと》っていらっしゃるのも、前国王陛下への忠義のためと聞きました」

「ええ、カーイはどんな祝い事であろうと、絶対に黒以外は着ないの。身に付けるもので色がついているのは、お父様の形見の赤い飾り刀だけなのよ」

それを聞いたギアン王弟は、深々と嘆息《たんそく》した。

「……尊い方ですね」

「ええ、尊いわ」

まあ、なんてこの王弟殿下は話が解る人物であろうかと、レナは思った。

カーイの生まれが平民であることをバカにする母の従兄弟《いとこ》、あのグゥエンダル・バンディ侯爵みたいないけ好かない〈貴族〉や〈王族〉だって世の中には少なくない。

幼い頃からそういう下らない大人達にカーイが不当に扱《あつか》われているのを見て、レナは心を痛め続けてきた。

自分がもっとしっかり人心を摑まえ、立派な女王になれば、カーイに対する心ない中傷や嫌がらせも減るに違いないと頑張ってきた。

だが、〈貴族〉達の特権意識は、レナの想像以上に根深くて、まだまだ苦戦中だ。

――そう言えば、サマラの男装にも頓着《とんちゃく》していないあたり、ギアン王弟はカーイと価値観が似ているのかも。

「この王宮も、亡き前国王陛下の願いに沿って、〈大洪水〉以前の有名な宮殿に似るよう改築されたとか」

「ええ。とても大変だったのよ。資料が散逸《さんいつ》していて。カーイは自分で私費を割いて、様々な国の建築学や歴史学の権威《けんい》を招き、古文書を探し集めて、この王宮を改築したの。お父様が夢に描いていたように」

レナの説明に、再びギアン王弟は感じ入ったように深々と嘆息した。

「……得がたい方です」

「ええ、本当に得がたい人物よ」

言いながら、改めてレナもカーイの素晴らしさを実感する。

本当になんて素晴らしい人であることか！

「……そう、先ほど、陛下がサマラにかけたお言葉も、ヤガミ殿に感化されたものでは？」

「ええ、そうよ。カーイは〈差別〉が嫌いなの。女だからとか男だからとか、平民だからとか〈貴族〉だからとか、そういうことで人を判別するのが嫌いなの。生まれも性別も容姿も関係なく、その人物の人柄、能力で人を観るべきとわたくしに教えてくれたのはカーイです」

「……生まれも性別も容姿も関係なく、その人物の人柄、能力で人を観るべきだと、ヤガミ殿は仰いましたか」

レナが言うとギアン王弟は噛み締めるように言葉を繰り返した。

「ええ」

三度王弟は深く深く深く嘆息した。

「なるほど。真の忠義と熱い心を持ち、武芸はトレオ一と言われた自分をも凌駕《りょうが》する。女性の容貌《ようぼう》など気にされないとあれば、彼こそ、ええ、彼こそ我が姉上の王配に相応しい男です!!」

「ええ、彼こそ……、え？」

今までの会話の流れで調子よく頷きかけて…………、レナは固まった。

「…………………え？」

ジェスを振り返り、隣のデヴィの顔を覗き、サマラの様子を窺い、三人とも目を丸くしていることを確認した。

――わたくし、今、何か聞き間違えては……いないようだけれど……？

改めて床に正座したままこちらを見上げている濃すぎるくらい濃いギアン王弟の顔を見おろす。

本当に、今、なんと言ったか、この王弟は。

「ギ、ギアン殿下？」

恐る恐る彼に呼びかける。

「このギアン・チハ、心底感服いたしました。この世界中、どれだけ探し回っても、カーイ・ヤガミ殿以上に、我が尊き姉上、トレオのゼアンカ女王陛下の王配に相応しい人物はいません！　自分が義兄上《あにうえ》と呼べるのは彼だけです!!」

高らかなギアン王弟の宣言は、その場に重い沈黙を呼び込んだ。

6

話は数日前に遡《さかのぼ》る。

〝我が敬愛奉《たてまつ》る姉上、偉大なる東方諸島連合王国のゼアンカ女王陛下は世界で最も優れた女王である〟

東方諸島連合王国――略称トレオ――の女王ゼアンカの異母弟ギアンは、感情の見えない淡泊な言い方で足下にひれ伏すトレオの貿易大臣グレナスに告げた。

ギアンとしては、声を荒らげたつもりはなかった。

だが、グレナスの顔色が変わったところを見ると、幼馴染みで一の従者のサマラが言う「今にも人を殴《なぐ》り殺しそうな怖い顔」をしているのかもしれない。

——怖い顔と言われてもな。

心の中で年上の幼馴染みに文句を言って、ギアンは手にしていた飾り刀で床を苛立《いらだ》たしく衝《つ》くと、血のようなと言われる赤い瞳でグレナスを睥睨《へいげい》した。

サマラに言わせると、白銀の癖《くせ》のない短髪に覆《おお》われた褐色《かっしょく》の彫りの深い顔立ちは非常に整っていて、だからこそムッと唇が引き結ばれた顔が心底怖いらしい。

しかも、ギアンは身長が二メートル近くあり、全身筋肉の塊《かたまり》のような男である。

さらに百戦百勝、勇猛果敢《かかん》な防人《さきもり》——トレオでは軍人をこう呼ぶ——として知られるギアンの睨《にら》みに平静でいられる男は少ない。

〝はッ、我らが偉大なるゼアンカ女王陛下が、世界で最も素晴らしい女王陛下であることは、臣《しん》もよく弁《わきま》えております〟

平身低頭、声を震わせながらグレナス貿易大臣は、自分より三十以上若いギアンと彼の異母姉で女王のゼアンカに言った。

〝それが明白なことなのに、なにゆえに、ミルナートごときの小娘が世界一の女王だと言わせたのだ？〟

ミルナート王国の女王レナの噂《うわさ》は、その手の話題に興味がないギアンの耳にも届いてはいた。

この二十年あまり世界で最も美しい女性の一人に数えられ続けているアリア母后《ぼこう》に、瓜二《うりふた》つの可憐《かれん》な美少女なのだと噂は言う。

年はまだ十六かそこらだが、頭脳明晰《めいせき》で教養も高く、かの女王を慕《した》って集《つど》う芸術家や学者にことかかないとか。

また、妖精か天使かと謳《うた》われるかの女王は、その容姿通り心優しい慈善家で、ミルナートでは孤児でもトレオの平均的な庶民より豊かな暮らしをしているらしい。

——忌々《いまいま》しい女だ。

噂しか知らない相手をギアンは嫌っている。

彼の異母姉ゼアンカは偉大なる女王だ。

たった十一歳で東方諸島の小国チハの女王の座に就き、即位当時からグレナスなどの忠臣達の盛り立てがあったとは言え、見事に国を治めた。

だが、件《くだん》のミルナートの女王は生まれた時から女王であるので、ゼアンカの凄《すご》さが彼女の存在のおかげで薄れている……ようにギアンは感じる。

異母姉はその後、東方諸島の数多《あまた》ある島の一つ一つにあった王国をとりまとめ、東方諸島連合王国を築いた。

東方諸島が統一国家を持ったのは史上初のことである。

この偉業に防人としてギアンも貢献《こうけん》している。そのことを思うと、ギアンは誇《ほこ》らしさで胸が一杯になる。

——だが。

一つの国になったと言っても、トレオは東方海域に無数に散らばる島々が領土だ。農地に向く土地は少なく、天候も荒れがちで、〈祝福〉の力を使っても採《と》れる作物は少ない。海の幸も豊富とは言えないし、これといった産業もない。

そんなトレオの貧しさを嘲笑《あざわら》うように、ミルナートは繁栄《はんえい》している……ようにギアンの目には映《うつ》る。

——姉上がチハの王位に就いた頃は、最貧国だったミルナートが、今では世界でも有数の大国だ。

それを成《な》し遂《と》げたのが〈貴族〉でも〈王族〉でもない男のおかげだというのも忌々しい。

異母姉の偉業も己《おのれ》の功績も、若すぎるミルナート王国の女王と、元平民で〈祝福〉の力を持たぬ摂政《せっしょう》代行のおかげですっかり陰《かげ》っている。

——東方諸島の統一は、歴史に残る素晴らしい偉業であり、姉上は世界史上最も偉大なる女王と讃《たた》えられて当然なのに。

しかし、各国で話題に上るのはトレオの女王ゼアンカではなく、ミルナートの女王レナなのだ。

〝しかも、口にしたのは〈魔力〉もないのに公爵を名乗る下郎。そなたはトレオの〈貴族〉としての誇りを忘れたか〟

〝……臣の不徳の致《いた》すところでございます〟

頭《こうべ》を垂れながらも、グレナス貿易大臣はギアンの怒りを不当に感じているような声を出した。少なくともギアンはそう思った。

〝ええ、貴国の国王陛下が高潔で愛情溢《あふ》れる方であるように、うちの女王陛下は可憐で、心優しくて素晴らしい世界一の女王陛下です〟

真の〈貴族〉でも〈王族〉でもないくせに、ミルナート王国の公爵を名乗るその男は、実に誇らしげにそう語ったと言う。トレオのグレナス貿易大臣が隣席していたというのに、だ。

そして、グレナスはそれに異議を唱《とな》えず、のこのこと帰ってきた。

ギアンに叱責《しっせき》されても、己の何が悪かったか解っていない顔をしている。

――ああ、姉上は可憐でも、心優しいと言われるような女性でもないさ。

だから、グレナスが異を唱えなかったのだろうと、ギアンは推察する。

――だが、十一歳で父王を暗殺されて女王にならざるを得なかった少女が、ただ優しいだけの性格をしていて、どうして生き抜けると言うのだ？

女王ゼアンカは酷薄《こくはく》で非情な人物だと国内外から評価されている。

前王の妾妃《しょうひ》から生まれたギアンは、無駄に——まったく無駄だ。男の顔など整っていようといまいと問題ないのに！　とギアンは思う——美丈夫《びじょうぶ》と、人々から褒められる顔をしている。

しかし、正妃から生まれた異母姉のゼアンカは、身内の欲目から、控《ひか》えめに言っても〈容貌《ようぼう》に恵まれていない方〉である。

ギアンのよく磨《みが》かれた銀貨のような色の髪とは違い、異母姉の髪は憂鬱《ゆううつ》にくすんだ白灰色で、御髪係《おぐしがかり》の侍女《じじょ》がどんなに頑張っても王冠の下で鳥の巣のように縮《ちぢ》れていた。

瞳の色が解らぬほど細い目と細い鼻梁《びりょう》、薄い唇、尖《とが》った顎《あご》。細すぎる首に怒り肩。薄い肢体《したい》。その針金《はりがね》人形みたいな姿は、どこをとっても可憐にはほど遠い。

だがしかし、そもそも三十路《みそじ》を越えた異母姉の年齢では、どのような容姿でも可憐という言葉は使われぬものだと思う。

だから、ギアンは心の中で舌打ちした。

——自慢か。

トレオの大臣の横で、自国の女王が可憐だとか心優しいとか世界一だとか言うというのは、明らかに自慢で、トレオの女王をせせら笑う行為である……と、ギアンは感じている。

——そんな自慢に何も反論せねば、姉上が醜《みにく》く、心冷たく、世界で最低の女王のようではないか。

ギアンはそう思うのだが、グレナス貿易大臣は理解できないようだ。

もちろん、ギアンもやや被害妄想《もうそう》気味かと思わなくもない。

ないのだが、とかくミルナートの女王の良い噂ばかりが聞こえてきて、お前達はそんなに我が国の女王が嫌いかと言いたくなっているのだ、ギアンは。

〝まったくそんな下郎に、我が国の女王陛下、偉大なる姉上を差し置いて、『世界一の女王』だなんて自国の女王を自慢されて、黙っているとは、不敬の極《きわ》みだ〟

〝――〟

ここにきて貿易大臣の顔は完全に色を失った。

言い過ぎたかとギアンが思った時。

〝――グレナス〟

それまで玉座の上で頬杖をついて二人のやりとりを眺めていた異母姉が口を開いた。

〝ハッ！〟

跪《ひざまず》き、頭を下げたままグレナス貿易大臣は女王ゼアンカに答える。

〝そなたが沈黙を通したのは悪いことではない〟

〝姉上〟

玉座の異母姉を振り返って抗議の声をギアンはあげる。

〝騒ぐでない、ギアン。確かに、ミルナート王国とナナン王国は、妾《わらわ》を侮辱《ぶじょく》した。それ相応の報復はせねばならぬ〟

〝ええ、姉上〟

報復という物騒な言葉にギアンは破顔する。

異母姉も自分と同じ考えを持ってくれたのだと思うと、素直に嬉しい。

大地に血が流れることを最も悪とする〈地母神教〉の教えがある以上、どんな国も表立って戦争は行わない。

しかし、「海賊行為が行われていたので」とか「盗賊行為が行われていたので」などと言いがかりをつけて――もちろん言いがかりではなく、事実だったこともあるが――戦闘《せんとう》が行われることはままある。

特に〈大地に血が流れ落ちることはない〉海戦は、激しいものになりやすい。

南北大陸の間に位置するイホン海峡《かいきょう》とその周辺では海賊退治で名高き防人と言えば、件のカーイ・ヤガミ公爵となる。

だが、この東方諸島周辺では、一の防人はギアンだと自他共に認められている。

〝ミルナートへ、護衛船を出しますか？〟

嬉々として尋ねるギアンに、彼の異母姉は細い目をさらに細くした。

〝相変わらず、バカだな、ギアンは〟

〝！〟

ちなみに戦争を嫌悪している〈地母神教〉の熱心な信者が特に多いトレオでは、軍船という言葉は護衛船に置き換えられている。

〝護衛船など出してどうする。ヘイマー教会長様になんと言い訳するのか？〟

ヘイマー教会長は、トレオに無数にある〈地母神教〉全教会の長《おさ》である。

トレオは元々別々の国で、統一されてからは日が浅いこともあり、女王ゼアンカよりヘイマー教会長のほうが人気が高い面もある。

そういったことから傍若無人《ぼうじゃくぶじん》を絵に描いたような女王ゼアンカに苦言できる、唯一と言っていい人物がヘイマー教会長だ。

ギアンはヘイマー教会長が嫌いで、向こうもギアンのことを嫌っている。

おそらく護衛船を出せば、また異母姉が言うように色々非難してくるに違いない。

〝姉上を侮辱したのですから、報復するのは当然でしょう。海戦ならば教会長様もうるさくは言いますまい〟

それでもミルナートに報復したい気持ちが勝ったギアンが言うと。

〝――船は出す。だが、護衛船ではない。親睦のためだ。お前が行く〟

〝親睦？　報復ではなく？〟

思いがけない言葉に、ギアンは目を見開いた。

〝ミルナート王国はお前を女王の王配に所望している〟

〝え⁉〟

奇《く》しくもギアンとグレナスの声が重なった。

グレナスが信じられないと言わんばかりの顔をしている。

鏡を見れば己もそうだろうと、ギアンは確信した。

一度口を開いて、閉じて。

大きく息を吐くと、ギアンは異母姉の目を射貫《いぬ》くように真《ま》っ直《す》ぐに見て言った。

〝……この自分に他国の女王の王配など、務まるとは思いません〟

ギアンが生まれる寸前で父王は亡くなった。

妾妃だった母は、ギアンを産み捨て、後宮を出て行った。王が亡くなったからと言って、喪《も》にも服さず後宮を出るとはありえない。

母の暴挙に、本当は王の子ではないのではないかとまでギアンは言われ、誰もが彼の面倒を見るのを嫌がった。

その時点でギアンの人生は詰んでいた。いつ死んでもおかしくない状況だった。

それを助けたのが、異母姉である。

だから、ギアンは自分の命は異母姉のためにあると思っている。一生を異母姉と異母姉の王国の為《ため》に使う気でいたのだ。

——なのに、他の国の王配になれと？

しかも、ギアンが常々《つねづね》忌々しく思っているミルナートの女王の王配になど、誰に頼まれてもなりたくない。

ひょっとして異母姉は自分が必要ではないのだろうか。

そう思うと、らしくもなく血の気が引く。

〝そうです、陛下。それは……あまりに無茶な……〟

ギアンの養育係だったグレナスもギアンの顔色を見てそんなことを言ってくれたが、女王ゼアンカに睨まれ言葉が途中で喉奥に消えた。

二人の男達を視線で黙らせると、異母姉は口を開いた。

〝そなたがミルナートの王配になれば、我が国が南北大陸に進出する足がかりになる。妾の夢を、忘れたか、ギアン？〟

〝いいえ、姉上！　姉上が世界を統一し、世界の女王になられるのは当然のことです！　しかし、自分がミルナート女王の王配になどならなくてもそれは可能です。いえ、自分は防人として、姉上の〟

〝ギアン〟

ビクっと大男のギアンの肩が竦《すく》み、唇が硬く引き結ばれる。

〝妾の命《めい》に逆らうのか？〟

〝そ、そのようなことはございません！〟

〝では、ミルナート王国に赴《おもむ》き、必ずかの国の女王の心を射止め、王配になれ〟

〝……はっ〟

ギアンは観念した。

異母姉はギアンに頼んでいるのではなく、トレオの女王として命令しているのだ。

異母姉の忠実な臣下を自負するギアンが逆らえるはずがない。

〝さすれば、カーイ・ヤガミを妾の王配として寄越すとミルナートは言っておる〟

〝〟え⁉〟〟

またまたギアンとグレナスの声が重なった。

〝妾の求婚に、そのような条件をつけるとはおこがましいにもほどがある〟

確かに無礼千万である。

異母姉が言うように、おこがましいにもほどがある。

――だが、そんなことよりも、だ。

〝……姉上は平民と結婚なさるおつもりなのですか？〟

ギアンの質問に横でグレナスが同意見だと強く頷く。

〝カーイ・ヤガミはミルナート王国の公爵だ〟

〝ですが、〈王族〉でも〈皇族〉でもなく、〈貴族〉ですらない。〈祝福〉の力がない王配など、姉上に相応しいとは思えません〟

——トレオには〈祝福〉の力が足りない。

統一の過程で途絶えた〈王族〉や〈貴族〉が多いのだ。

今は、異母姉と自分が強力な〈祝福〉の力を振るえる。

それでも、次の世代にギアンが他国に婿入《むこい》りし、異母姉と平民との間で生まれた子供達が〈祝福〉の力を持っていなかったらどうなるのか、想像するだに怖い。

〝——ギアン〟

〝はい〟

〝妾に相応しい相手かどうかは、そなたが決めるのではなく、女王たる妾が決めること〟

〝！　……さ、差し出たことを、申しました……〟

ギアンは頭を垂れた。

⚓

ギアンのミルナート女王陛下と摂政代行閣下への印象は、実際にかの国を訪問して一変した。

レナ女王陛下は噂通りの美少女だったが、それを鼻にかけるようなところはまるでなく、ギアンの自慢の幼馴染みの男装を軽蔑《けいべつ》することもなかった。

ギアンが女性を一の従者にしていることにも頓着《とんちゃく》せず、理解を示した。

驚くほど心優しい人物である。

それに何よりカーイ・ヤガミ摂政代行閣下の武術の凄《すご》さと言ったら！

前王への忠義の厚さ、レナ女王陛下への見事な養育。最貧国だったミルナートをここまで豊かな国にした政治的手腕。

何もかも素晴らしかった。

異母姉が王配にと望むのも理解した。

——確かに自分のようなものがトレオに残るより、姉上があのように素晴らしい男性を王配に迎え、姉上の御子《おこ》が次の王になるほうが相応しい。

いつものごとく姉上の考えに間違いはなかった！——と、ギアンは思った。

自分がミルナートで残りの人生を送るのはつらいことだが、レナ女王陛下ならばサマラを傍《そば》に置いておくことは許してくれよう。

サマラには故国を離れさせることになるが、彼女が大好きな美しい建築物の多いこの国に住むのはそれほど彼女にとってつらいことではあるまい。

——男装の騎士が女王陛下の親しい友人として遇《ぐう》されるこの国なら、サマラの価値が解る男が出てくるかもしれん。

ギアンにとって、サマラは物心つく前から傍にいた人だ。

姉で母で友人で教師で一の部下で……異母姉とは別の意味で、大切な大切な存在だった。

――サマラには幸せになって欲しい。

幸せになって欲しい。できれば、自分の傍で。

そう思ってしまってから、ギアンは首を振った。

――自分は……、自分のこの命は姉上のもの。

姉上の望みを叶えるためなら、自分はなんでもできる。なんでも。

「このギアン・チハ、心底感服いたしました。この世界中、どれだけ探し回っても、カーイ・ヤガミ殿以上に、我が尊き姉上、トレオのゼアンカ女王陛下の王配に相応しい人物はいません！　自分が義兄上《あにうえ》と呼べるのは彼だけです！」

高らかなギアンの宣言は、その場に重い沈黙を呼び込んだ。

7

トレオの女王ゼアンカ・チハと、レナは面識がない。

ゼアンカの年齢は今年三十二歳。

今まで一度も結婚どころか婚約の話すら、少なくともミルナートまで届いたことがない。

王族としても平民としても婚期を逃《のが》していると言われても仕方のないお年頃だ。

急死した父王の跡を継いで、彼女がチハの女王に即位したのが十一歳の時だ。

それから十数年ほどで、彼女は東方海域に存在した無数の島国をまとめ上げ、東方諸島連合王国を築き上げた。

噂《うわさ》によれば各国の宮廷に対し、陰謀《いんぼう》を巡《めぐ》らし、離間工作をしたり政敵を失脚させたり、時には〈地母神教〉が禁じた戦闘行為を用いながら、〈大洪水〉以後誰もなしえなかった東方諸島の国々の統一を成《な》し遂《と》げた覇王《はおう》である。

海賊退治――そういう名目で実際は海戦だ――の場にギアン王弟が出たのは十代半《なか》ばからと聞く。

その時分から大人顔負けの体つきをし、武術に優れていた彼が屠《ほふ》った敵はどれだけいたのか。

東方の魔女、東の狂戦士。血塗《ちぬ》られた姉弟……などなど、女王ゼアンカと王弟ギアンは悪名も高い。

しかし、体は大きいものの、ギアン王弟自身からは殺人鬼みたいな冷酷《れいこく》な印象はまったく受けない。

軍人として必要なことをせざるを得なかっただけだと思う。

――ゼアンカ女王の性格は非情で冷酷《れいこく》、容姿には恵まれていないと聞いたことがあるわ。

でも、本当に非情で冷酷な人ならば、ギアン王弟はこんなに異母姉を熱く語らないだろうとも思う。

——容姿については……カーイが、人を容姿で判断しないところに好感を持っているあたり、噂通りの方……？

まあ、世界一の美貌《びぼう》と謳《うた》われるレナの母と平気でいがみ合い、その母に瓜二つ《うりふた》と言われるレナの求婚を拒《こば》み続《つづ》けるカーイにとって、容姿など女性を選ぶ時になんの価値もないだろうと、レナは思う。

——お父様の顔の醜《みにく》い痣《あざ》も気にしなかったカーイだもの……。

さて、改めてテーブルを挟《はさ》んで向かい合って、トレオの二人とレナ、デヴィ、それにジェスもソファーに座った。

「自分は姉上に幸せになって頂《いただ》きたいのです」

そうギアン王弟は言う。

「姉上は厳《きび》しい方だが、優しい方でもある。父王が亡くなったあと、すぐに母は別の男との再婚のために後宮を出てしまいました。……その、妾妃《しょうひ》としてあってはならぬことを自分の母はしたのです」

幾分《いくぶん》言いにくそうにギアン王弟は話した。

「だから、母方の祖父母も自分を引き取ることを拒《こば》み、自分は打ち捨てられ、面倒を見る者のいない赤子として死ぬところでした」

「まぁ……」

妾腹とは言え王子なのにそんなことがあるのかと、レナは王弟の話に驚いた。

しかし、ちゃんとした正妃の子であっても王宮を追われた父の例もある。

「そんな自分を助けてくれたのが姉上です。王位に就いたばかりで大変だったでしょうに、姉上は赤子の自分を抱いて大事な弟だと宣言し、グレナスに大切に育てるようにと託《たく》したのです」

「当時、父は病気で妻を亡くして悲嘆に暮れていました。女王陛下に使用人の手を借りず、お前の手で育てろと無茶振りされて……、でも、そのおかげで父は母の死の悲しみから立ち直れたのです」

サマラがギアン王弟の言葉を継ぐ。

「そんなわけで、父と自分の二人がギアン殿下をお育てしたのです」

「そう言えば、サマラは五歳の頃からギアン王弟殿下のお世話をしたんですってね」

レナが相槌《あいづち》を打つと、ギアン王弟はやや困った顔で応じた。

「サマラはグレナスの使用人ではないので、女王陛下の命令に反していないという言い訳をしていたが、グレナスも五つの娘にたいがいな無茶振りをしていたと思う」

「いえ、殿下と共に護身術や建築学などの学問を修めることができましたので、自分としましては父が殿下の世話を承《うけたまわ》ったおかげで世界が広がったと感じております。ゼアンカ女王陛下には感謝の言葉しかありません」

二人の話だけ聞いていると、女王ゼアンカは厳しい為政者《いせいしゃ》としての顔と愛情深い家族としての顔を持つ、理想的で立派な女王陛下のように思える。

「あのさぁ、摂政《せっしょう》代行閣下《かっか》が素晴らしい人物でゼアンカ女王陛下の王配に相応《ふさわ》しいという君の主張は理解できるけど」

それまで黙って話を聞いていたデヴィが不機嫌なのを隠しもせずに口を開いた。

「それがなんで、レナへのプロポーズに繋《つな》がるのさ？」

それはレナも確認したいところである。

「貴国が……、陛下がご存じないのであればヤガミ殿がだと思いますが、そのように姉上の求婚に対して、注文をつけられたからです」

「な・ん・で・す・っ・て？」

レナは自分でも驚くほど低い声を出した。

ギアン王弟がギョッとした顔でレナを二度見する。

「レ、レナ女王陛下？」

すっくと立ち上がったレナに、なぜか大男のギアン王弟は怯《おび》えたような顔をしている。

「――あなたが、わたくしの王配になれば、カーイは、ゼアンカ女王陛下の王配になると、言った、と？」

自分が発した声が、驚くほど冷たく、そして恐ろしく遠くから聞こえた。

昔、カーイがグゥエンダル・バンディ侯爵が何かしでかした時に、「ブチキレたね、あの時は。

さすがの俺もブチキレたね」とか言っていたことがあった。

その時、カーイが言う〈ブチキレ〉という感覚が、今ひとつレナには解らなかったが、今なら解る気がする。

――わたくし、今、ブチキレてますわ。ええ！

「レ、レナ、落ち着いて」

「わたくしは落ち着いていています」

「あ、ハイ」

デヴィはすっかり青ざめた顔で頷き、口を閉ざす。

「陛下、あの、」

「ジェス、何かわたくしに言いたいのですか？」

「い、いいえ、何もございません」

ブルブルとジェスは首を横に振った。

そんな風に左右の友人達を黙らせて、それからレナは改めてトレオの二人組を据《す》わった目で見た。

「あ、ああ、あの！　ギアン殿下はべべべ、別にレナ女王陛下を軽んじているわけではなく、レナ女王陛下の美しさと人柄に心打たれておりまして！　わ、我が国の女王陛下の婚姻《こんいん》の話とはまた、次元が違う話でございます！　そ、そうですよね、ギアン殿下」

「え？　あ、ハイ！　サマラの言う通りであります！」

レナの様子に大慌てでサマラが弁解し、青い顔をした王弟がコクコクと頷く。

なんだかヤバイものを踏んだことを今さらながらに自覚したような表情だ。

「そのようなことはどうでもいいのです！」

レナが両手でテーブルを叩いて言い切ると、トレオの主従は呆然《ぼうぜん》とした顔をした。

「ど、どうでもよいのですか……？」

「……そ……それでは、自分はなぜ、陛下に怒られているのでしょうか……？」

先刻まで満面の笑みで自分達の話に頷いていたレナの豹変《ひょうへん》に、ギアン王弟はついていけないようだ。

まあ、なんてこの王弟殿下は話が解らない人物であろうかと、レナは先刻とは真逆のことを思った。

「カーイは、あなた方が来ることを知らないと言いました」

レナの言葉にトレオからの客人は顔を見合わせる。

「自分は、貴国から正式な招待を受けましたが？」

「ええ、自分も父からそのように聞きました。ゼアンカ女王陛下が摂政代行閣下に求婚したところ、ギアン殿下がレナ女王陛下の王配になることができたらと貴国から条件を出されたと。

それなのに、陛下も摂政代行閣下もご存じないということは、その、ないと思うのですが……」

「自分は、貴国から正式な招待を受けましたが？」

「ええ、自分も父からそのように聞きました。ゼアンカ女王陛下が摂政《せっしょう》代行閣下《かっか》に求婚したところ、ギアン殿下がレナ女王陛下の王配になることができたらと貴国から条件を出されたと。それなのに、陛下も摂政代行閣下もご存じないということは、その、ないと思うのですが……」

ギアン殿下とサマラがそう言った途端、怒れる女神だったレナは、見る見るうちに迷子になった幼い少女みたいに途方に暮れた顔になり、大きな紫色の瞳から涙を溢《あふ》れさせたと言う。

「じゃあ、あなたはカーイが……、カーイが、わたくしに嘘を言ったと言うの⁉」

そう叫ぶとレナは身を翻《ひるがえ》し、ギアン王弟殿下達に与えられた貴賓室《きひんしつ》から飛び出していったそうだ。

「ジェス！」

「解ってます。デヴィ殿下。あとはよろしくお願いします」

デヴィ殿下に声をかけられたジェスが、バタバタとレナを追いかけた。

それを呆然《ぼうぜん》と見送っていると。

「さて、行こうか」

と、悪魔みたいな笑みを浮かべたナナン王国の王子に、ギアン殿下は腕を摑まれたらしい。

どうでもいいが、その時になって初めてこのナナン王国の王子殿下もべらぼうに顔が良いことに気づき、ギアン殿下は一目で苦手な相手だと認識したそうだ。

「ど、どこに？」

「もちろんカーイ・ヤガミ摂政代行閣下の執務室に、さ。レナを泣かせたんだ。閣下にその報告が届く前に、自首しておくのが君のためだからね」

「え……？」

ギアン殿下はデヴィ殿下の言っていることが、今ひとつ理解できなかったらしい。が。

「ああ、もちろん、君がレナを泣かせた罪《つみ》で閣下に絞《し》め殺されても良いと言うのなら、このまま自分の部屋で寝てれば良いと思うよ？」

ニコニコとこれ以上ないくらい優しげに笑いながら恐ろしいことを言われて、ギアン殿下は大人しく連行されることにしたという……。


……というようなことを己《おのれ》の執務室で、ギアン殿下とデヴィ殿下、それにサマラから説明されてカーイは思わず素《す》で返した。

「は？　ゼアンカ女王が俺に求婚？　聞いてないぞ、そんな話」

自国の女王たるレナがカーイに結婚してくれと言うのは日常茶飯事《さはんじ》だった。

が、他国の女王からまで迫《せま》られた記憶は、生憎《あいにく》カーイにはとんとなかった。

――ってか、なんで俺がラースの忘れ形見であるレナと、ラースが遺《のこ》したこの国を捨てて、よその国の女王のところに行かないといけねぇんだよ？

「で、レナ……女王陛下は？」

うっかり呼び捨てにしかけて、なんとか敬称を付ける。

自覚している以上に動揺しているようだ。

「ジェスが追いかけていったから、とりあえず心配はないと思うけど」

デヴィ殿下が文句を言いたげな顔でカーイを見る。

「思うけど、なんだ？」

促《うなが》せば、肩を竦《すく》めて。

「閣下に嘘を吐《つ》かれたと思っている」

デヴィ殿下の瞳は「僕もそう思っているけど」と、語っていて、思わず机を叩いた。

「俺は、嘘なんか吐いていない！　嘘を吐いているのは、ゼアンカ女王だ！」

「姉上は嘘などつ…………………」

ギアン殿下の言葉が口の中に消えたのは、ゼアンカ女王には数々の陰謀《いんぼう》の実績があるからだろう。

「……ともかく」

カーイは眼鏡《めがね》の縁《ふち》を押さえて立ち上がった。

さっきから他国の王子達の前だと言うのに、地がボロボロと出ている。

そんな自分が、カーイは少し情けない。

「ともかく、ゼアンカ女王陛下に話を伺《うかが》おう。〈鏡士《かがみし》〉の間に行く」

⚓

「ほぅ……？」

緊急事態だから何が何でも本人を連れてこいとトレオ側の〈鏡士〉を脅《おど》して、無理矢理呼びつけた相手は、大きな鏡の向こうで不機嫌そうに呟いた。

「妾《わらわ》が嘘を吐いていると？」

元々細い目をさらに細めて、ゼアンカ女王は問う。

「少なくとも私はゼアンカ女王陛下から求婚された覚えはございませんし、私がそちらに行くならばギアン殿下を我が国の女王陛下の王配にと望んだ覚えもございませんが」

カーイが怒りを抑えながら言えば、相手は鼻で笑う。

「ほほぅ。おかしな話だ。妾の手元に届いたミルナート王国摂政アリア母后《ぼこう》陛下からの書面のことを摂政代行殿が知らない？」

ゼアンカ女王の細い顔の横でヒラヒラと振られた書面は確かにミルナート王室の人間が公的な手紙に使う用紙で、署名《サイン》はくっきりとアリア・セレー・ミルナートとあった。

その花を描くような字形のサインは、見間違いようがない。

ミルナート王国の正規の摂政であらせられる母后《ぼこう》陛下のものだ。

――というか、あのサイン、考案して教えたの俺だし。

皇女時代からバカだバカだと言われていたが、ラースに嫁《とつ》いできた時、アリアはろくに字も書けなかった。

〝……彼女はそういう障害を持っているんだよ。生まれつき僕の顔に痣《あざ》があるように、彼女の脳には文字を認識できないという障害がある〟

どういうわけかラースは、婚約の話をとりまとめるためにセレー帝国へ赴《おもむ》き、ほんの数時間会っただけで、アリアの家族や家庭教師達さえ気づかなかった彼女の障害に気づいた。

そして、カーイに伝えていた。

愚《おろ》かな皇女、と家族はおろか国中から刻印を押された、美しい姫君。

醜《みにく》い王子、と家族どころか国中から疎《うと》まれた、賢い王。

ある意味、似合いの二人だったのかもしれない。

──ラースがあんなに早く死ななければ。

だから、カーイはアリアが覚えやすいように花の絵を模したサインを作ってやった。ラースだったら、そうしただろうと思ったから。

だから、彼女に摂政代行職を任ぜられた時、大人しく引き受けた。ラースだったら、きっと彼女の王妃としての負担を減らす方向に動いてあげただろうと思ったから。

二人の間に生まれたレナの顔に痣どころか、黒子《ほくろ》一つないと解った時。

レナが文字を読むことを普通にできて、まったく苦にしないと解った時。

カーイは一人、祝杯を挙げた。彼女が両親の苦労を引き継がなかったことを、神に心から感謝した。

──ああ、なんだか、それはつい昨日のことのような気がするぜ……。

「セレー貴族にツテがあってな。バンディ侯爵を紹介して貰《もら》い、彼からそなたの上司であるアリア母后陛下と話をつけた」

バンディ侯爵の名前が出たので、彼が黒幕の一人かとカーイは腑《ふ》に落ちた。

アリアは幼馴染みで従兄《いとこ》であるバンディ侯爵に滅法《めっぽう》弱い。

アリアと彼の会話の断片から推察するに、両親と兄や姉達に邪険にされたアリアにバンディ侯爵だけが優しかったようだ。

お互いセレー帝室の厄介者扱《やっかいものあつか》い同士、傷を舐《な》め合《あ》っていたんじゃないかと、カーイは思い做《な》している。

「──ゼアンカ女王陛下」

カーイはバンディ侯爵への怒りに震えながらも、なんとか平静な声を出した。

「その書面の内容を、私は了承していません」

「ほう。では、ミルナート王国の摂政で女王の母ともあろう方が妾を謀《たばか》ったと申すか。このトレオの女王ゼアンカを？」

「──」

セレー皇室の汚点と言うべき皇女アリアと皇帝の甥《おい》にして厄介者のグゥエンダル・バンディ侯爵をまとめてミルナートに押しつけた現セレー皇帝が今さらながらに憎《にく》い。

「まあ、セレー帝国から見れば、そなたは邪魔だろう。追い出したくなるのも道理じゃろうて」

ニヤリと笑われ、この女王がアリアにカーイを動かすことなどできないことを承知で正式な書類を書かせたことを理解する。

──なるほど。セレーに塩対応を命じるようになった摂政代行なんて、セレーには邪魔以外の何物でもないな。

せっかく自国の皇女がミルナート王国女王の摂政となったのだ。

セレーとしては、皇女を利用して自国にできるだけ優位なように物事を運びたいと考えるのは道理だ。

——バンディ侯爵とセレーの上層部の利害が一致したということか？

「トレオでは妾の王配として、ちゃんと歓迎しよう。妾に逆らわぬ限り、な」

細い目の奥で色の解らぬ瞳が光る。

ゼアンカ女王はゼアンカ女王で、カーイをミルナートから引きはがすことで、ミルナートの弱体化を謀《はか》ろうとしているのだと思う。

——そもそも俺に求婚するのに、セレー貴族のツテを頼る時点で、うちをかき回す気満々だよな、この女王陛下。

ミルナートは世界中から交易船がやってくる中継貿易の要のイホン海峡《かいきょう》に位置している。トレオの上層部にだってミルナートの〈貴族〉や豪商にツテを持つ者など、何人でもいるはずだ。

それなのに、あえてセレー貴族を使うとは、セレーと合同でミルナートを混乱させるつもりなのだと思う。

——あるいは。

国として斜陽の時代に入っているセレーの貴族にツテを頼んだと言うが、むしろ逆にセレー貴族から、トレオの歓心を買おうと寄ってきた可能性も捨てがたい。

——最近、うちはセレーの連中に辛《から》くなってきたからな。

元々レナ女王の母君の母国の者だからと、傍若無人《ぼうにゃくぶじん》に振る舞ったセレー貴族やセレー商人が悪いのだ。

レナの評判さえも傷つくほどの横暴ぶりにカーイが業を煮やし、母后陛下の友人だろうが知人だろうが臆《おく》せず不正は取り締まれ、甘い顔をする必要はない、塩対応で結構と命じてから一年近く経《た》った。

つい先日、自国民に対しての扱いが酷《ひど》いと、セレー皇帝から苦情が来ていたことを思い出す。

——そのあたりの意趣返しも含んでいるのか……。

黒幕はバンディ侯爵とその取り巻き達だけなのか、その後ろにセレーの皇帝がいるのか。

——情報を集めなくてはなるまい。

「ギアン」

カーイが考え込んでいると、ゼアンカ女王はカーイの背後にいた異母弟を呼んだ。

「は、姉上」

「首尾良くレナ女王陛下の王配の座に就き、そこの生意気な男を大人しくさせた上で、妾の元に送るように最大限の努力をせよ。期待しているぞ」

「は、姉上」

異母弟の返事に頷いてから、ゼアンカ女王はさっと細い手を振る。

それを合図に通信が途絶え、大きな鏡からゼアンカ女王の姿が消えた。

9

心配して追いかけてきたジェスの肩を借りて、自室のソファーの上で思う存分レナが泣いていると、無遠慮《ぶえんりょ》に母がやってきた。

いつもこの母にはレナが命じた人払いが利《き》かない。

「あらあら、ごめんなさいねぇ、レナ。実は全部お母様がやったことなの。カーイはぜんぜん関係ないのよ」

そして、いつもの軽すぎる物言いで、レナ的には重大な告白をした。

「お母様、が……？」

レナはジェスの肩に頭を預けたまま、母を見上げる。

ジェスが励《はげ》ますようにレナの手を握ってくれる。

「……いつものカーイへの嫌がらせのつもりだったんですか？」

なぜか母はカーイへの嫌がらせを好む。

〝どんな無茶ぶりしても涼しい顔でこなしちゃうんだもの。憎《にく》ったらしいったらないわ。一度で良いから、カーイが困り果てるところを見てみたいの〟

なんて言っていたことがあったが、そのノリでこんなことをされたら、娘としては堪《たま》ったものではない。

「ええ、そのう……」

レナの泣きはらした顔を見て、さすがに母もいつもの嫌がらせのつもりでしたとは言えなかったようだ。

「グゥエンお従兄様《にいさま》がどーしてもゼアンカ女王に恩を売りたいと言うものだからぁ」

母の従兄《いとこ》でセレー帝国のミルナート駐在大使でもあるグゥエンダル・バンディ侯爵に、カーイとトレオの女王の間を取り持つよう頼まれたと言う。

――バンディ侯が……。

泣き疲れて感情が飽和《ほうわ》した頭は、ぼんやりとしか動かない。

銀髪で紫の瞳。

若い頃は母や自分と同じような見事な金髪だったと言う。そのバンディ侯爵は、母方の祖父の双子《ふたご》の兄の息子だ。

内乱で弟に負けてセレー皇帝になり損ね、恨《うら》みを飲んで亡くなった皇子の遺児《いじ》。

血の繋《つな》がった甥故《おいゆえ》に殺すに殺せず、と言って側に置いておくにはいつか味方を増やし皇位を狙《ねら》うのではないかと叔父に恐れられ、ミルナートに追いやられた人。たった一人で異国に嫁《とつ》ぐ皇女の後ろ盾《だて》になるようにと、お綺麗な言い訳をつけて。

レナは正直、グゥエンダル・バンディ侯爵が嫌いだった。

己《おのれ》はセレー皇帝の甥であり、世が世ならセレーの皇帝だった、いや、今からでもセレーの皇帝になる可能性がある偉大なる人物なのだ。

日常の立ち居振る舞いにも表情にも会話の端々《はしばし》にも、とにかくそんな思考がダダ漏れで、ミルナートの〈貴族〉も王宮も、カーイやその他の官僚達も……、世界のすべてを小バカにしている。


――あんな人を好きになれるわけがない……！

レナがジェスの手を握って俯《うつむ》いたまま、黙りこくっていると。

母は左右を見回し、ジェスの顔を覗き込んだ。

そして、ジェスが己の味方になりそうにないと解ると、顎《あご》に手をやって。

「ほら、人から頼まれると断りにくいでしょう？」

自力でどうにかしようと考えたらしい。

いつもの非常識を棚に上げて、極々《ごくごく》普通の常識のある人間のようなことを言った。

「……お母様は、わたくしの頼みを断ることは、ちょくちょくありますけれど？」

「あぁん。だって、レナ、お母様には難しいことをすぐ頼むんだものぉ～」

「……」

だいたいレナが母に頼むのは、摂政《せっしょう》として公的な式典に出て、短くてもいいから挨拶《あいさつ》をしてくれということがほとんどだ。

それがどう難しいのか、レナにはよく解らない。

母は一文字だって文章を読むのがイヤだと、挨拶文は可能なかぎり短くした上で、侍女に読み上げさせて聞き覚える。

子供の頃から文字を読むのが大嫌いで、勉強がまるでできない。

王宮内に流れる噂《うわさ》では、顔しか取り柄がない皇女と昔から悪名高かったそうだ。

――だから、当時、貧乏だったミルナートに莫大《ばくだい》な持参金を持って嫁いできたと、誰かが言っていたけれど。

どうしてわたくしの母はこんなに困った人なのだろうかと、レナは心の中で溜息を吐《つ》いた。

話に聞くジェスの母親は平民出身だが、料理上手《じょうず》で美人で、病気がちの夫と息子の面倒を厭《いや》な顔一つせずこなす素敵な婦人だ。

デヴィの母親も〈魔人〉に生まれた息子を厭《いと》うことなく、愛情深く育てた素晴らしい女性だ。

デヴィの高祖父の母であるスズお祖母《ばあ》様も、さっぱりとした気質の人で、いつも前向きだ。

百五歳にして五十代にしか見えないというところも含めて、あんな老人になりたいと思うような人である。

〝子供は親を選べない。だから、親が誰かで、その子の価値を計るのはおかしい〟

カーイはそう言う。

レナもそう思う。

――だから、わたくしはわたくしで、母は母だと思ってきたけれど。

母がカーイに嫌がらせをするのを趣味にしているのも、彼がたわいない悪戯《いたずら》だとみなしている以上、黙認してきた。

――けれど、お母様。

「一応、グゥエンお従兄様の顔も立てて、かつ、カーイがゼアンカ女王の王配になってミルナートから出て行かないように、お母様も考えたのよぅ」

レナがずっと俯いているので、母はオロオロとそんな言い訳をした。

「……どういうことですか？」

「レナがギアン王弟殿下を王配にしたらって、条件を付けたの～！」

胸を張って言われて、レナはますます項垂《うなだ》れた。いやもう地中までのめり込む勢いで、項垂れるしかないではないか、こんな言い訳を聞かされたら。

「だって、レナ、絶対にギアン王弟殿下を王配に選ばないでしょう？　だから、カーイはゼアンカ女王の王配になることはない。……そ、そうでしょう？」

レナの顔色がどんどん悪くなるので、さすがの母も自分の理論に間違いがあることに気づいてくれたらしい。心配そうに尋ねてきた。

「……お母様」

言いかけたものの、レナは説明する気力が尽きた。

「恐れながら母后《ぼこう》陛下。その場合、我が国は、女王陛下がトレオの王弟殿下を、摂政《せっしょう》代行閣《かっ》下《か》がトレオの女王陛下を拒絶したことになり、国としてトレオにケンカを売ったも同然の状態になるかと」

レナの気持ちを察したジェスが代わりに説明してくれる。

母は大きな瞳を子供みたいに見開いた。

「…………そうなの？　本当に？　グゥエンお従兄様はそんなこと、一言も言わなかったわよ？」

そんな重大な国際問題を引き起こすとは微塵《みじん》も考えていなかったらしい。

しでかしたことの大きさにようやく母も気づいてくれたようだが、遅すぎた。

10

「さて、どうしたものか」

翌朝、レナ達は目の前の仕事を棚上げにして、今回のトレオのダブル求婚騒動をどう乗り切るかの緊急会議を開いた。

出席者はカーイとレナ。それにジェスとデヴィ、スズ。そして問題を引き起こした当事者のアリアである。

ミルナートの他の〈貴族〉や官僚達は、誰がどこまで味方か解らないということで省《はぶ》かれた。本当にレナとカーイが信頼できる人物プラス直接やらかしたアリアというメンバーになったのだ。

「どうしたもこうしたも、こうなったら摂政《せっしょう》代行閣下《かっか》が、レナの王配になればいいんじゃないの？」

デヴィの言葉に、カーイは顔をしかめた。

いつもならレナも「そうよね！　そうしましょうよ」と乗り気も乗り気、大乗り気になりそうな案だったが、今回ばかりはその案を進めるのは難しかった。

「そういうわけにはいきません、殿下」

レナの代わりにとばかりカーイが口を開く。

「そもそも原則として、私がレナ女王陛下の王配になることはありえない」

――げ、原則……。

地味に釘《くぎ》を刺されて、レナは俯《うつむ》いた。

泣きそうである。

だが、そんなレナを気にした風もなく、カーイは解説を続ける。

「百万歩譲《ゆず》って、今回の事態を回避するために私と陛下が婚約でもしようものならば、ゼアンカ女王を烈火の如《ごと》く怒らせることになりますでしょう。自慢の異母弟と自分自身が揃《そろ》ってミルナートの人間に振られたのだから。間に入ったセレー貴族とセレーの皇女たる母后《ぼこう》陛下、引いてはセレー帝国の面子《めんつ》も潰《つぶ》したことになります」

——そうなのよね……。

できればレナだって、デヴィの案に飛び乗って一気にカーイと華燭《かしょく》の典を挙げたい。が、いくら結婚が（本来は）当事者同士の問題とは言え、立派な女王としてはギアン王弟を振って、かつカーイにゼアンカ女王を振らせて、カーイと結婚するのはどうかと思われる。

——トレオの面子を潰しまくった上に、間に入ったバンディ侯爵やお母様はともかく、侯爵を紹介したセレー貴族の顔を潰したら、トレオとセレー両国を敵にしかねないわ……。

バンディ侯爵に繋《つな》ぎをつけたセレー貴族は誰だか知らないが、小物ではあるまい。

セレー帝国はミルナートが最近自分達を優遇しなくなったことに不満を持っている。

それに今回のことが重なったら、セレー帝国は本格的に機嫌を損ねるだろう。

トレオとセレー、二つの国の不興を買うのは、中継貿易立国であるミルナートとしては避けたいところだ。

「あらぁ〜、あたくしの面子なんて、別に気にし……」

レナの母がコロコロといつもの何も考えていない調子で言いかけて、カーイとレナに睨《にら》まれて黙る。

「――お母様」

「はい」

「お母様は、我が国の正式な摂政なのですよ」

「解ってるわよぅ、レナ」

「正式な摂政が、女王であるわたくしにも摂政代行であるカーイにも一言も相談せず、勝手な約束を他国とするなんて、お母様、どういうことか解っていらっしゃらなかったんじゃないですか？」

「だぁあって……」

とても自分の倍も生きている人間とは思えないような拗《す》ねた顔でこちらを上目遣《うわめづか》いに見てくる。

本当にこの母親は困った人である。

「今さら母后陛下を叱《しか》っても時間の無駄です、女王陛下」

カーイが冷たく切り捨てる。

「そんなことより、陛下」

カーイがテーブル越しに真《ま》っ直《す》ぐにレナを見る。

「はい」

レナは背筋を伸ばしてそれに答える。

「ギアン王弟殿下を王配に迎えられるのは、どうで」

どうですか……と、最後まで言わせず、レナはテーブルを両手で叩いて立ち上がった。

「カーイは、それでいいの？　わたくしがギアン殿下と結婚してもいいと？」

「……総合的に判断すると、悪くない話かと」

ガチガチの文官モードで無表情に返され、レナはテーブルについた手をブルブルと震わせた。

きっと自分は真っ青になっていると思う。

ジェスを始め、皆が心配そうにレナとカーイを交互に見ている。

カーイは黒縁眼鏡《くろぶちめがね》の縁を触って。

「ギアン殿下は立派な青年です。もちろん、完璧《かんぺき》ではありませんが、真面目《まじめ》でしっかりした人物かと」

「……ほほ、本当にそういう人物だって、どうしてカーイに解るの？　も、もしかしたら、すっごく変な性格の人かも、し、しれないじゃないの!?」

メチャクチャ動揺も露《あら》わにレナは言い返した。

いや、レナだってあの短い会話で、ギアン王弟が真面目で家族思いの青年だと理解している。

——何より彼はカーイが滅多《めった》にないほど尊く、得がたい、素晴らしい人物だって、超短時間

で理解していた、人を見る目ありまくりの傑物《けつぶつ》だしっ‼

もうその一点で、レナはギアン王弟が世界でも類を見ない素晴らしい青年だと認めている。

認めてはいるが、王配にしたいかと言われれば別だ。ぜんぜん別だ。まったく別なのだ。

「カ、カーイは、ギアン殿下とろくに話もしていないじゃないの」

レナの動揺しまくった追及に、カーイは欠片《かけら》も動じず。

「棒術は、性格が出るのです」

淡々と返してきた。

「ジェスなら解るだろう？　スズ殿も」

「は、はい……」

「あー、そーだねぇ。棒術が、と言うか、あれだろ、閣下。殴り合いから生まれる友情」

ジェスがレナを気遣いながら頷き、スズが呆《あき》れたような顔ながら同意する。

「そんなものだな。彼の棒術はどこにも卑怯《ひきょう》なところがなく、堂々とした正攻法だった。基礎がしっかりしていて、よくこちらの動きが観察できていた。ああいう戦い方をする人間は、武術に限らず何事も伸びる」

棒術がらみの話をしているせいか、カーイは武官モードの話し方になっている。

また、レナの王配というより、新しい近衛《このえ》騎士団員を論じているかのような内容である。

――ま、まあ、カーイは元々武人だから、その方面に優れたギアン王弟を評価するのは、解らなくはないですけれど。

そんな場面ではないが、カーイが手放しで褒《ほ》めるギアン王弟が憎《にく》く思えてくるレナだ。

「それじゃあ、摂政代行閣下。閣下は、トレオに婿入《むこい》りするのかい？」

「自分はミルナートの剣だと言って、ボクの求婚は断ったくせにさ」

それはさておき、スズとデヴィがレナが本当に質問したいことを尋ねてくれた。

レナは息を飲んでカーイの答えを待った。

「……ギアン殿下は、トレオの王太子に等しい方だ。その方を王配に迎えるとなれば、こちらも相応の人材を出さねばなるまい。向こうが私ごときで良いと言っているのであれば」

「カーイのバカっ！」

カーイの言葉が終わるのを待たずにレナはテーブルをもう一度叩くと、脱兎《だっと》のごとくその部屋から逃げ出した。


——意味が解らないわ。

王宮の回廊を全速力で走りながらレナは思った。

——わたくしがギアン殿下と結婚して、カーイがゼアンカ女王陛下と結婚する？

どうしてそんなことをしなくてはならないのだ。

まったく意味が解らない。

「おやおや、前も見ずに走るのは、危ないですよ、女王陛下」

不意に袖《そで》を摑まれた。

袖を摑んだ人間を見上げると、諸悪の根源グゥエンダル・バンディ侯爵である。

レナは立ち止まり、目が赤いのをごまかすように指で一度瞼《まぶた》を押さえた。

呼吸を整え、毅然《きぜん》と顔を上げる。

「袖を放しなさい、侯爵。不敬でしょう」

精一杯威厳《いげん》を出して、レナは命じた。

「これは失礼を、陛下」

バンディ侯爵は小バカにしたような笑みを、その無駄に整った顔に浮かべて大仰《おおぎょう》に頭を下げた。

二十年前は美神もかくやと言われるほどだったと聞く。

だが、その持って生まれた麗《うるわ》しい顔立ちは、年を追うごとに性格の歪《ゆが》みを滲《にじ》ませるようになっていた。

――侯爵の顔は美しいけれど、けして好感は持てないわ。

ギアン王弟が顔が良い男は誠実ではないと言ったことを思い出す。

「まだ、成人前とは言え、女王陛下たるもの、廊下は走るものではないと思いますよ」

「忠告、どうもありがとう、侯爵」

レナはなんとか笑顔を作って言い返すと、そのままますたすたと歩き出した。

「ところで、陛下」

後ろから侯爵が追いかけてくる。

「ようやくご結婚がお決まりあそばしたとか。おめでとうございます。母君の従兄《いとこ》として、陛下とは少なからぬ縁のある身。臣《しん》も安堵《あんど》いたしましたよ」

「……まだ。まだ、決まっていません」

レナの返事に「おやおやおや」と、侯爵は眉《まゆ》を跳ね上げた。

「ギアン王弟殿下のどこがご不満で？　世界中を探しても、あれほど立派な独身の〈王族〉は見つかりませんよ」

〈王族〉に強いアクセントが点《つ》いた。

レナは足を止め、侯爵を振り返った。

「あなたが仕組んだことでしたわね」

「仕組んだとは人聞きが悪い。縁を結んで差し上げたのです。この国の女王陛下には立派な〈王族〉の王配を。まだまだ内乱の芽が残っていそうなトレオの女王陛下には、素晴らしい武将の王配を。適材適所というものです」

抜け抜けと言う。

「……そんなにカーイを追い出したいの？」

侯爵は口角を上げた。

「あなたが、あの平民に頼って他の〈貴族〉達を蔑《ないがし》ろにしているのを、皆が苦々しく思っていることを、もっと認識したほうがいいですよ、陛下」

「……」

「この美しい王宮の主《あるじ》に、平民は不似合いです、陛下」

言うだけ言うと、侯爵は踵《きびす》を返し、レナが歩いていた方向とは逆の方向に歩み去った。


「いけ好かない野郎だな」

窓の外から声をかけられて、レナは吃驚《びっくり》した。

固まっていると、窓枠《まどわく》をひょいっと乗り越えてギアン王弟とサマラが現れる。

「失礼しました、陛下。驚かせてしまいました」

サマラが礼儀正しく謝罪する。

「……え、ええ……、あの、殿下達は何を……？」

「サマラが壁の飾りをスケッチしたいと言うのでな」

「はい。ギアン殿下に体を支えて貰《もら》って、スケッチを。あ、もちろんこの箇所の壁面をスケッチする許可は摂政代行閣下から頂いております」

「……窓の外、で……？」

レナはクラクラした。

ここは三階で回廊の窓の外にベランダなどはなかったと思う。確か。

「うむ。こう窓の庇《ひさし》と柱の出っ張った所に足と背中を置くとそれなりに安定する」

「そ、そんなことができますの、殿下もサマラも？」

「トレオの防人《さきもり》は崖登《がけのぼ》りが必須なんです」

と、こともなげに答える。

トレオの島々は切り立った崖が多いとか。

「まあ……！　それではサマラは本当にドレスでいることなんて無理ですわね」

レナが窓の外のサマラ達の言う庇や柱の出っ張りの幅《はば》を確認して、しみじみ言うと彼女は嬉しそうに微笑《ほほえ》んだ。

「まったくです」

そう力強く頷くと。

「ここは本当に美しい宮殿ですね」

建物を強く褒めた。サマラが建築学が好きで美しい建築物を愛しているのは真実らしい。

「レナ女王陛下」

ギアン王弟が声を改める。

「その……ずいぶんとお疲れのようだが、どうだろう、サマラにトレオのお茶でも煎《い》れて貰ったら？　ああ、自分は訓練をしたいので遠慮《えんりょ》させて貰うが」

「陛下がよろしければ、ぜひ」

――……そうね。

レナはギアン王弟の不器用な気遣いをありがたく受け取った。

先刻から精神的ダメージをたくさん受けたので、少しばかり仕事をサボる気になったのだ。


ギアン王弟に割り振られた貴賓室《きひんしつ》で、サマラが煎れてくれたトレオのお茶は、薄い緑色をしている。

ミルナートの赤いお茶と違って、少し苦い。

「お茶には砂糖を入れず、こちらを食べながらどうぞ」

甘く似た豆か何かを丸めた不思議な感じのお菓子を添えられた。

「……優しい味だわ。ミルナートの甘味と少し違うわ」

苦いお茶と甘いお菓子はよく合っていた。

「砂糖ではなく、甘葛《あまづら》を使うからかもしれませんね」

サマラはにっこり笑う。

「サマラは料理が苦手だと言ってなかったかしら」

「これは料理のうちに入りません。ギアン殿下もこれくらいのものは作られます。防人が充分に食事を取れない時の非常食みたいなものですから」

「そうなの……」

レナがお茶の入ったカップを両手で持って黙り込むと、気を引き立てるようにサマラがスケッチを見せてくれた。

昨日の今日にしては、ずいぶんと多い。

しかも、スケッチと本人は言うが、かなり精巧《せいこう》だ。

「まあ……！　あの天井《てんじょう》の意匠《いしょう》はこんな風になっていたのね……」

自分が住んでいる場所でも意外と解っていないものだと、サマラの丁寧なスケッチに思う。

「そうなんです。ここ、遠目では解りにくいですけど、凄《すご》く綺麗な透かし彫りが入っていて」

サマラが詳細《しょうさい》なスケッチに、あれこれさらに詳細な解説を付けてくれる。

「……陛下？」

突然大粒《おおつぶ》の涙を頬に零《こぼ》したレナに、サマラが驚き半分心配半分の声をかけてくる。

「ごめんなさい。わたくし、自分がこんなにも美しい宮殿に住んでいると知らなかったの……」

〝この美しい王宮の主に、平民は不似合いです、陛下〟

そうグゥエンダル・バンディ侯爵は言うが、この繊細《せんさい》で美しい宮殿を作ったのはカーイだ。

「……この王宮は、カーイが作ったの」

「伺《うかが》いました。亡き前国王陛下が憧《あこが》れていた宮殿を模して改築されたと」

〝ラースが、憧れてたんだよな〟

工事中、まだ小さかったレナを抱《かか》え上《あ》げて、カーイがそう言った。

散逸《さんいつ》した文献を集めて、父が憧れたという大昔の宮殿に限りなく近い建物になるよう、元の王宮を数年がかりで改築した。

——カーイは、お父様のためにこんなに美しい建物を作った。

サマラのスケッチに、改めて思う。

いや、それだけではない。カーイは、レナの父親のために海賊や盗賊達と戦い、港を整備し、貿易国家としてのミルナートを取り戻した。

今のミルナートがこんなに麗《うるわ》しい王宮を持てるほど豊かなのは、一から十までカーイの手柄だ。

この宮殿が泣きたくなるほど美しいのは、一から十までカーイのおかげだ。

〝この美しい王宮の主に、平民は不似合いです、陛下〟

それなのに、なぜ、カーイはバンディ侯爵みたいな家柄と血統だけが取り柄の男にそんなことを言われないといけないのか。

そう思うと腹が立って腹が立って、レナは涙が止まらない。

「……陛下は本当に摂政代行閣下がお好きなのですね」

「ええ」

「……ですが、どうかギアン殿下を陛下の王配にして頂《いただ》けないでしょうか」

「……サマラ？」

サマラはレナの足下に正座し、頭を下げる。

「ゼアンカ女王陛下は、恐ろしい方です。命令を完遂《かんすい》できなければ、異母弟君であるギアン殿下であっても平気で切り捨ててしまわれますでしょう。そんなことになったら、ギアン殿下がどれほど傷つかれることか……！」

「……」

「ギアン殿下にとって、異母姉上のゼアンカ女王陛下は神のごとき存在です。赤子の時に陛下に命を救われたことを殿下はけしてお忘れになりません。ゼアンカ女王陛下の命《めい》ならばどのようなことでもやり遂《と》げる方です。それを最大の誇《ほこ》りとし、名誉と思い、幸いだと思っていらっしゃる方です」

「サマラ……」

「たかがトレオの一伯爵の娘ごときがミルナート王国の女王陛下に自分勝手で不遜《ふそん》な願いをしていることは重々承知です。ですが、もし、もし陛下が、ギアン殿下を受け入れて下さらなかったら、殿下は死を賜《たまわ》るよりつらい思いをなさるに違いないのです……！」

泣きながら床にうずくまってしまったサマラにレナは困惑を隠せなかった。

ここまで身も世もなく嘆願《たんがん》されれば、他のことならレナは一も二もなく頷いていただろう。

だが、自分がギアン王弟を選ぶということは、カーイを彼が親友のために建てた王宮から、いや、親友のために立て直した王国から追い出すことに等しい……。

——それに。

「……サマラは、それでいいの？」

「え？」

「サマラはギアン殿下のことが」

「陛下」

レナの言葉をサマラは強い口調で遮《さえぎ》った。

「自分は……五つの時から赤子の殿下の世話をしてきました。僅《わず》か四つ半の差とは言え、自分にとって殿下は息子のようなものです。息子に恋する母親はおりません」

赤く涙で目を染めてサマラは言う。己《おのれ》に言い聞かせるように。

「……娘に恋する養父《ちちおや》もいないかしらね……？」

サマラはその質問には答えてくれなかった。

⑪

「失礼します、陛下、サマラ」

レナ達が黙り込んだところで、ジェスがやってきた。

「ギアン殿下から、陛下がこちらにいらっしゃると伺《うかが》いました」

「ジェス」

レナはわっと彼女に抱きついた。

「ジェスは、わたくしがギアン殿下を王配に迎えて、カーイをゼアンカ女王陛下の王配にしたほうがいいと思う？　それが正しいと思う？　立派な女王としてはそうすべきだと思う？」

矢継ぎ早に尋ねる。

「レナ様」

「……カーイは、それを望んでいると、思う……？」

「……レナ様。たった二十年かそこらしか生きていない、若造のわたしには何が正しいかは解りません」

そう前置きしてから、ジェスはゆっくりと一音一音噛み締めるように言った。

「ただ、わたしは、摂政《せっしょう》代行閣下《かっか》は本当に陛下のことを一番に考えていらっしゃると思いました」

ジェスの思わぬ言葉に、レナは彼女を二度見した。

「……それ、は……どう……して……？」

カーイはレナにギアン王弟との婚姻《こんいん》を勧めた。彼は立派な人物だから、と。

——それは、本当にわたくしのことを思っているから……？

「摂政代行閣下にとって、前国王陛下は主君と言うより、とても大切なご友人だったと伺っております。孤児である閣下にとっては、ご家族とも言える方だったと」

——そうね。お父様は、カーイにとって、一番大切な方。

たった一人だけの一番の親友。

カーイの胸の中の玉座には、今も父が座り続けているのだと思う。

亡くなってもう十七年になろうとしているのに、カーイは喪服《もふく》を脱がない。

父の形見である赤い飾り刀を片時も手放さない。

「その摂政代行閣下が、前国王陛下の思い出深いミルナートを離れる決心をなさったのです。

——レナ様のために」

「……あ、……」

レナは自分が思い違いをしていたことに気づいた。

カーイはこの美しい、親友の思い出が深く残る王宮から追い出されようとしているのではない。

自ら出て行こうとしているのだ。

レナとこの国のために。


その夜、鬱々《うつうつ》と眠れないまま寝返りを繰り返していたレナの元に、血相を変えたギアン王弟がやってきた。

「こんな夜分に陛下にお会いしたいとは、いったいどういうおつもりです⁉」

「どういうおつもりも何も、急用だ！　どうでもいいから、レナ女王に会わせろ‼」

メイドとギアン王弟のやりとりが、控《ひか》えの間を隔《へだ》てたレナの寝室にまで聞こえてきたのだ。

レナは取り急ぎガウンを羽織り、最低限の身繕《みづくろ》いをして、ギアン王弟の前に立った。

「こんな夜更《よふ》けにどうされたのです？」

「どうしたもこうしたも、結婚したくないからと、あなたが自分の毒殺を試みるような人だとは思わなかった！」

「毒殺？」

不穏すぎる言葉に、レナは眼を剝《む》いた。

しかも、毒殺を試みられたと言うギアン王弟は夜中に怒鳴り込んでくるほどぴんぴんしている。

「とぼけるな！　あなたからだと贈られてきたモモを食べた途端、サマラが倒れたぞ！」

「サマラが！　彼女は今、どういう症状なのです？」

「どういう症状も何も昏睡《こんすい》している」

「わたくしは殿下にモモなど贈っていません」

「は？　この季節にモモを贈れるような人間が、この国の女王以外にいるか？」

王庭の果樹園は、柵《さく》で囲われ、許可なく人が入れないようになっている。

料理人が定期的に収穫しているが、彼らは毎日許可された数量しか採《と》らないし、それらは基本王宮内の料理で消費される。

「……テシガーラ教父……！」

先日テシガーラ教父にモモの籠《かご》を贈った。

テシガーラ教父が誰かにそのモモを分けたのかもしれない。

「テシガーラ教父？」

「ミルナートの教会で二番目に力のある教父です。彼にモモを贈りました。それが使われたのかも知れません。ただ、今はまずサマラを助ける方法を見つけなくては」

「……あなたが、毒を盛ったのではないのか……？」

途方に暮れた顔でギアン王弟が言う。

「わたくしではありません。あなたを毒殺して、わたくしになんの得があります？　あなたと結婚しなくてよくなる？　そんな単純なものではないでしょう？　ゼアンカ女王陛下を怒らせるだけではありませんか」

「そもそも陛下が贈った食べ物に毒を盛るとは、陛下を犯人にしたいと言わんばかりではないか。そんな稚拙《ちせつ》なやり方を我々がするわけがない」

「カーイ！」

騒ぎを聞きつけたのか、レナの摂政《せっしょう》代行閣下《かっか》がいつもの黒服で現れた。

「医者には診《み》せたのか？」

「ミルナートの医者を信じられるか！」

ギアン王弟の言葉にカーイは一つ息を吐く。

「本当に助けたいなら、専門医に診せるべきだ」

有無を言わせない口調でそう言うと。

「大至急タテワキ医師を呼んでくれ」

カーイは先ほどギアン王弟と言い争っていたメイドに侍医の一人を呼ぶよう命じた。


「十中八九、紫斑蛇《むらさきまだらへび》の毒です」

サマラを診察し、彼女が食べ残したモモを検分したタテワキ医師はそう顔をしかめた。

「紫斑蛇の毒？　それでサマラは助かるのか、助からないのか。いや、解毒剤はあるんだろう？　助かるよな？」

ギアン王弟に問われ、タテワキ医師は苦しそうに顔を逸《そ》らした。

「解毒剤は……今、王都にはないと思います」

「どういうことだ！」

「紫斑蛇は田舎《いなか》のほうにしか見られない蛇です。王都で嚙まれる被害者はいません。もちろん〈王族〉の皆様の暗殺に対して我々王宮侍医団はあらゆる解毒剤を常備していますが……」

歯切れ悪くタテワキ医師が言う。

「ちょうど昨日、バンディ侯爵の知り合いが狩りに赴《おもむ》いた帰り、紫斑蛇に噛まれたとかで解毒剤を全部持って行かれたのです」

「バンディ侯が？　なぜそんな横暴を許した？」

カーイが語気荒く尋ねると、タテワキ医師は震えながら抗弁した。

「横暴と言われましても、実際に紫斑蛇に噛まれて死にかけている患者がいる以上は、医師として見過ごせません」

「では、解毒剤はどこにならあるのだ？」

いまにもタテワキ医師に摑みかからんばかりの口調でギアン王弟が尋ねる。

「本来、紫斑蛇が出る地方ならどこにでもあると思いますが、バンディ侯の知人が解毒剤に困ったように、今年は紫斑蛇の被害者が多くて、解毒剤が枯渇《こかつ》しているようなのです。原料の植物が珍しいものですから。王都の周辺の山村はまず無理かと」

「ジェス」

「はい」

控《ひか》えていたジェスをカーイが呼ぶ。

「シラドー男爵領ならどうだ？」

「紫斑蛇は領内でよく出て子供が噛まれることが多いので、解毒剤はうちに常備しています。

幸い原材料になる植物もうちは豊富なので、在庫もあるかと」

「よし、シラドー男爵領までサマラを連れて行こう」

カーイが即決する。が。

「閣下！　それは無茶です！　患者は絶対安静です！」

「シラドー男爵領までどんなに急いでも三日はかかる。往復している時間はあるのか？」

「……患者の体力次第ですが……六日となると……」

タテワキ医師は申し訳なさそうに言う。

「どれくらいの時間ならもつのか？」

「……もって二日です」

「ジェス！　手紙を書いてくれ。自分が取りに行く」

カーイとタテワキ医師の会話を聞いていたギアン王弟が太い声で叫んだ。

「殿下、それは無茶です。わたしが参ります。わたしが一番道を知っていますから」

「いいから手紙を書け！」

ギアン王弟の剣幕に、ジェスはレナの顔を見る。

レナは頷いた。

ジェスがどんなに急いでも、六日を五日にすることはできても、二日にすることはできまい。

ならば、ここはギアン王弟の願いを優先するべきだ。

――いったい誰が……。

いや判っている。

彼以外にこんなことをする人間がいるとは思えない。

グゥエンダル・バンディィ侯爵。

彼ならばテシガーラ教父からモモを分けて貰《もら》うことも簡単だろう。

レナからだと偽《いつわ》ってメイドにモモを運ばせることも。

――でも、目的が解らないわ。

彼はギアン王弟とレナを結婚させようと、レナの母親とゼアンカ女王を騙《だま》したのではないか。

騙してギアン王弟を呼び寄せて、彼を暗殺するメリットが解らない……。

ジェスが手紙を書いている間、ギアン王弟は地図を睨《にら》みつけ、シラドー男爵領までの道とジェスの生家の位置を脳裏に刻んでいるようだった。

「殿下、解毒剤を殿下にお渡しするよう手紙を書きました」

ジェスがギアン王弟に手紙を渡す。

「わたくしの紋章入りの指輪もお貸ししましょう、道中少しでも楽になるように」

「いや、大丈夫だ」

レナの申し出をギアン王弟は断った。

それから少し迷うような顔をして、着替えを詰めた鞄《かばん》に手紙を押し込むとレナとカーイ、二人だけについてくるよう言った。

三人連れだって部屋を出て、階段の所まで歩いたところでレナが先導して階下に降りようとすると、なぜかギアン王弟は屋上へ連れて行ってほしいと言い出した。

「……摂政代行閣下、あなたと棒術で打ち合った時、あなたは信頼できる方だと確信した。あなたとあなたが育てた女王陛下ならば信用できると……信じたい」

「ギアン殿下……？」

彼の意図が解らなかったが、その真剣な眼差《まなざ》しにレナ達はギアン王弟を屋上に連れて行った。

「――少し、離れていてほしい」

そう言って、ギアン王弟はレナ達から数メートル離れた。

真夜中の闇《やみ》を払うように眩《まばゆ》い光が場を覆《おお》った。

次の瞬間、目の前にいたのは大きな鳥だった。

――隼《はやぶさ》だわ。

大きな大きな隼は、通常の隼の三倍ほどはあろうか。

「この翼が引きちぎれようと、シラドー男爵領に行って解毒剤を持ち帰る。だが、もし、自分が無事に戻らなかったら、姉上にギアンが心から謝っていたと伝えて欲しい」

巨大な隼と言っても、シラドー男爵領へは海を渡る。しかも、まったく見も知らない土地だ。命の危険がないとは言い切れない。

だからか、ギアン王弟はそんな遺言《ゆいごん》めいたことを口にする。

「……殿下、あなた、〈魔人〉だったのね」

「非常時とは言え、不格好な姿を見せてすまない、女王陛下」

「いいえ、とんでもない。とても綺麗だわ」

レナはそう言い、ギアン王弟の隼の首に両手を回して、その羽毛に頭を埋めた。

「どうか無事に戻ってこられますように」

そう祈りの言葉を告げて、レナは抱擁《ほうよう》を解いた。

「……この姿を見て動じなかった女性は、あなたと姉上と……」

サマラだけだという言葉をギアン王弟は飲み込んだようだった。

「閣下、その鞄をたすき掛けに自分の体にかけて下さい。着替えがないと、裸でジェスの母上に対面することになりますから」

「解った」

カーイが鞄の長い紐《ひも》をギアン王弟の首にかけ、片方の翼の下に鞄部分がくるように調整する。

「帰りが昼間になるようなら、裏の森の小屋を目指すがいい。着替えと馬を置いておく。夜なら着替えをここに置いておくので、この屋上に戻ってくるといい」

カーイが言うと、丸く赤い鳥の目をカーイに向けて、ギアン王弟は隼の首で頷いた。

「ありがとう。では、行ってくる。どうかサマラをよろしく頼む」

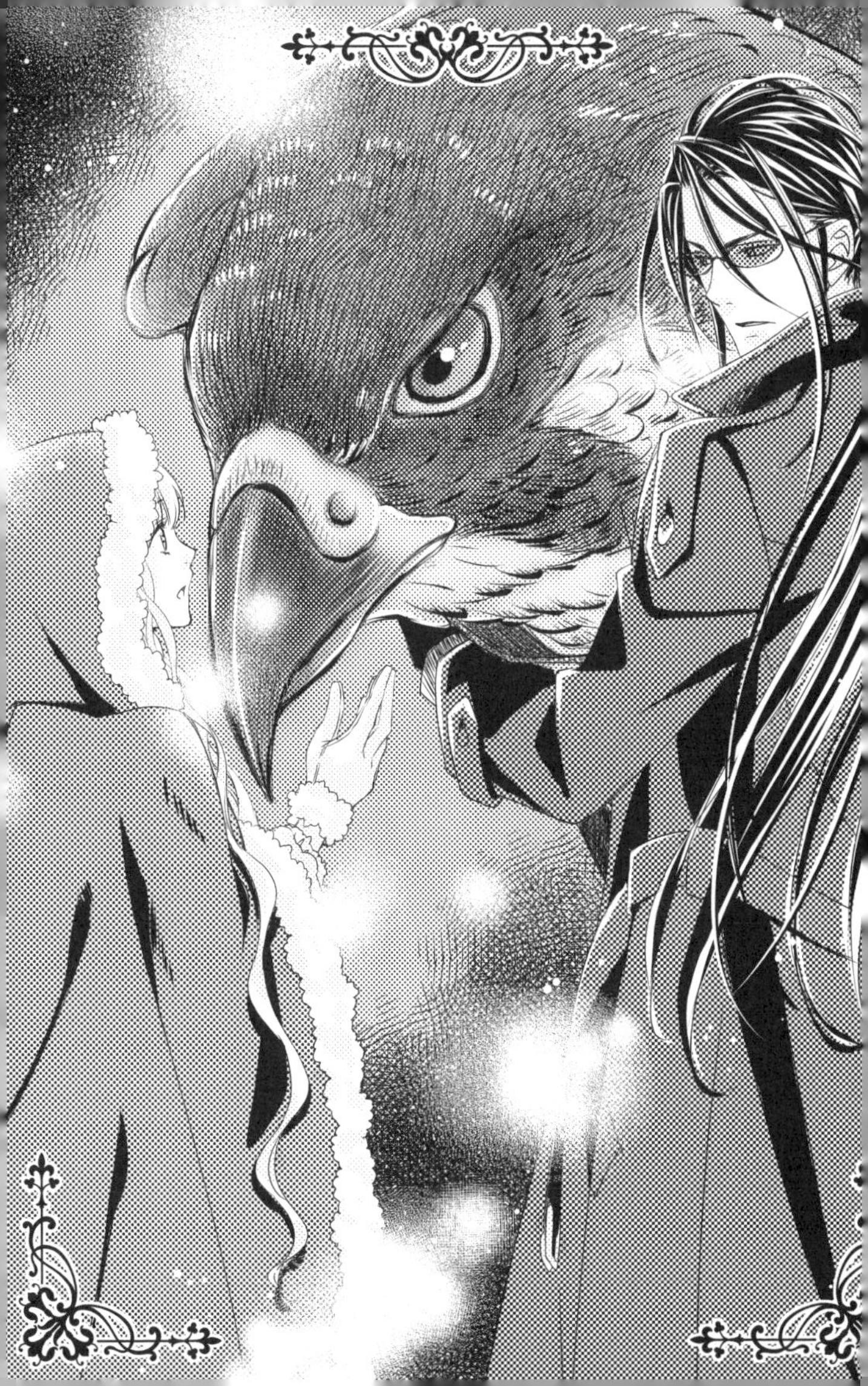

夜明けの方向に向かって飛び立ったギアン王弟を見送りながら、レナはカーイに言った。

「わたくし、ギアン殿下とは結婚しません」

「彼が〈魔人〉だからですか？」

すぐにカーイが返す。

「違います！」

もう、なぜその理由を一番に思いつくのかと、レナはすっかりお冠《かんむり》だ。

「カーイがゼアンカ女王陛下の王配にならないように、ですわ」

意外なことを言われたかのように、眼鏡《めがね》の薄いガラス越しにカーイがレナを二度見する。

そうして。

「……ゼアンカ女王と結婚しなくても、私は陛下の王配にはなりませんよ」

なんだか困ったような口調で言われた。

――困るのはカーイではなくわたくしのほうなのに。

「それは困ります」

「困りますと言われても、私は陛下の王配には絶対になりません」

「――もう」

本当にカーイは頑固だ。

「あのね、カーイ」

「はい」

「誰が何と言おうと、ここは、カーイのお家なのよ」

「陛下……？」

「この国はあなたの故郷で、この王宮はあなたのお家なのよ」

レナはこれ以上ないくらい真剣な顔でカーイを見上げた。彼の満月のような金色の瞳を射貫《いぬ》くように見詰めた。

「わたくしの王配になってもならなくても、あなたがこの王宮から出て行ったりしたら、お父様が化けて出てくると思うわ」

「……」

黙り込んだカーイに、レナも口を閉ざす。

そのまま空が徐々に明るくなり、バラ色になるのを二人、ただただ見守っていた。

12

「……なんと」

大きな鏡の向こうで、ゼアンカ女王は扇《おうぎ》で口を覆《おお》ったまま絶句した……かのように見えた。

「姉上、面目《めんぼく》ございません」

〈鏡士《かがみし》〉が繋《つな》いだ通信を使って、ギアンが訥々《とつとつ》と異母姉に語りかける。

「姉上の王配としてカーイ・ヤガミ公爵以上の人物はいないと自分も判断いたしました。けれども、自分にはサマラ以上の伴侶《はんりょ》はいないと今回の旅で思い知りました。どうかサマラと結婚し、トレオで姉上を支えることを許して頂《いただ》きたいのです」

「陛下、誠《まこと》に申し訳ございません」

頭を下げる異母弟とその元従者で現恋人にゼアンカ女王は、元々細い目をさらに細めた。

「ようやくまとまったか、このバカ者共め」

――はい？

援護射撃をするために二人の背後にいたカーイとレナは二人で顔を見合わせた。

「サマラは王弟殿下に自分は勿体《もったい》ないと言うし、お前はお前で自分の体がアレなことを気にして、サマラにはまともな男をとか言い続けるし。このままでは妾《わらわ》は甥《おい》や姪《めい》の顔が見られないのではないかと気に病んでいたぞ」

と、いうような理由でレナ達を巻き込んで、ゼアンカ女王は一芝居打ったらしい。

(……傍《はた》迷惑な)

カーイがほとんど唇を動かさずに呟いたのが聞こえた。

レナも同感である。

——でも、ギアンとサマラが幸せになって良かったわ。

あの後、無事にシラドー男爵家から解毒剤を持ち帰ったギアンのおかげで、サマラもすっかり元気になった。

そして、とうとう自分の想いを認めたギアンのプロポーズに恐縮しつつも、レナやデヴィの後押しもあってサマラは頷いたのである。

「ゼアンカ女王陛下」

とは言え、一言くらい文句を言いたいと、レナは前に出た。

「おお、レナ女王陛下、お目にかかるのは初めてだったかな? 愚弟《ぐてい》が大変世話になった。礼と言ってはなんだが、貴国の最新流行のドレスを一着サマラの婚礼衣装に注文したい」

「サマラのドレスであれば婚礼祝いに贈りますが」

レナが言うと、にんまりとゼアンカ女王陛下は笑った。

「それはありがたい。我が国はお世辞にも裕福とは言えぬが、王太弟妃殿下の婚礼衣装が見窄《みすぼ》らしいのも我が国の沽券《こけん》に関わるでのぅ」

――あら？　これはうまくしてやられた……のかしら？

レナの倍は生きているゼアンカ女王はなかなか食えない人のようである。

「あ、姉上、王太弟妃殿下、とは？」

レナがスルーした単語に、ギアンは引っかかったようだ。

「妾《わらわ》には王配も子供もいない。ミルナートの摂政代行が妾の王配にならぬと言うのならば、少なくともあと十年は妾に相応《ふさわ》しい男は現れまいぞ。なあ、レナ女王陛下？」

なぜ、自分に話が振られたか解らないが、ゼアンカ女王に問われレナは頷いた。

「カーイのような人物は、十年や二十年では見つからないと思います」

「さよう。ならば、妾は妾に相応しい男を待っている間に、年老いて死んでしまいかねない。それは国としてよろしくない。だから、そなたらが妾の世継ぎとなるのだ、ギアン、サマラ」

「し、しかし、姉上」

己が〈魔人〉であることをギアンは気にしているようで焦りまくっている。

そんな異母弟に、ゼアンカ女王は傍からは冷酷《れいこく》そのものな視線と声で命じる。

「妾の命に逆らうか、ギアン？」

「いえ、そのようなことは」

脊髄《せきずい》反射で返したギアンに、ゼアンカ女王は満足そうに口の端を上げた。

――この方は、本当に本当に異母弟君のことを大切に思っていらっしゃるのね。

異母弟を〈魔人〉と知っていてなお、自分の世継ぎに据《す》えるゼアンカ女王にレナは限りない好感を抱いた。

「そなたが婚約し、正式に世継ぎとなったことを今日のうちに必ず国中に公表してくれようぞ。今日からそなたは王太弟だ、ギアン」

「はっ」

「レナ女王陛下も摂政代行も、愚弟《ぐてい》をトレオの王太弟として遇《ぐう》して頂ければ幸いに思う」

再び視線を向けられ、レナは微笑んだ。

「もちろんですわ、ゼアンカ女王陛下」

「そのように致しましょう、ゼアンカ女王陛下」

そう応じて、カーイが一歩前に出る。

「おお、摂政《せっしょう》代行閣下《かっか》は今日も男前だな」

そんなことを言うゼアンカ女王はゼアンカ女王で、絶好調の様子だ。

「ギアン王太弟殿下は我が国の女王陛下の王配になり、私が陛下の王配になるという話は反故《ほご》になったということでよろしいですね？」

この会話の流れで確認するのもなんではあるが、何せ摂政のサイン入りの公文書をゼアンカ女王は所持している。

カーイとしてはここは念を押しておきたいところだろうし、レナだってまるっと同意だ。

「うむ。まあ、そなたが妾の王配になりたいと言うのであれば、いつでも歓迎するが」

「ダメです！」

思わずレナは叫んだ。

――あ……。

ククク……とゼアンカ女王に笑われた。

「ゼアンカ女王陛下、一つ伺《うかが》いたいのですが」

そんなやりとりなどなかったかのような涼しい顔で、カーイは話を続けた。

「なんなりと」

ゼアンカ女王もレナの失態をスルーしてカーイの話に応じる。

「バンディ侯爵をあなたに紹介したセレー貴族の名前を」

「ジョンブル伯爵だ。彼はトレオの法王ヘイマーの縁戚《えんせき》なのだ」

「ジョンブル伯爵……」

セレー帝国の内乱時にバンディ侯爵の父親側についた伯爵だと、レナは記憶している。

「ヘイマー教会長はガチガチの教義主義者でな。ギアンのことを嫌っていて、できれば余所《よそ》にやりたい、余所に行って問題を起こして教会から処罰《しょばつ》されれば、なお良い。それも教義がユルで世の中に悪い影響を与えている国ならば、見せしめにもなって丁度《ちょうど》良かろうなどと考えていたようでなぁ」

――ゼ、ゼアンカ女王⁉

そこまで解っていて、異母弟をミルナートにやったのかと思うと、傍迷惑どころではない。

「まあ、妾が見込んだ男なだけはある。上手《うま》く纏《まと》めてくれて礼を言うぞ、カーイ・ヤガミ公爵、そしてレナ女王陛下」

礼を言われてもなんだかなぁである。

――まあ、ギアンとサマラが結婚できることになったのは、今回の事件のおかげだけれど。

レナがぶつぶつ言っている横で、カーイは質問を続ける。

「……ヘイマー教会長が殿下を嫌っていらっしゃるのは、殿下には翼があるからですか？」

「翼？」

ゼアンカ女王陛下がなんの話かとばかりに首を傾《かし》げる。

「失礼。殿下と棒術の試合を行いました。まるで隼《はやぶさ》の翼があるかのような跳躍力《ちょうやくりょく》と素早さをお持ちでした」

「姉上」

ギアンが鏡の向こうの異母姉に一つ頷く。

彼らは自分の正体を知っていると。

「そうだ。ヘイマー教会長は……ギアンの母方の祖父でな。敬虔《けいけん》な父に信心深く育てられたギアンの母は、生まれたギアンを見て、後宮に置き去りにした。妾がギアンを守っているがゆえ、表立っては何もできないでいるが、ギアンが自分と自分の娘に恥を掻《か》かせたと思っている」

——まあ……。

「そういうわけだから、妾としては法王が寛大だと評判のミルナートのほうがギアンは暮らしやすいかと思ったりもしたのだ」

つまり、ギアンがサマラを選んでもレナに選ばれてもどっちでもいいと思っていたようだ。

「姉上……」

元々異母姉至上主義者のギアンは感激に目を潤《うる》ませているが、巻き込まれたレナとしては、やっぱり複雑だとしか言えない。

「……なるほど。ミルナートのキナミ教会長のやり方に、賛同できない聖職者達もいるということですね」

「そのようだ。まあ、今回、弟達が世話になったのは間違いないから、何か妾の耳に入ることがあれば、伝えよう」

そう言ってゼアンカ女王は通信を終わらせた。

13

〝君は僕が七つの時から、一番頼りになる、一番自慢の、一番大切な、一番大好きな親友だよ。だから、君はずっとずっと……死ぬまで僕の王宮にいてくれなきゃ困るよ〟

遠い昔、ラースはそう言って、出て行こうとするカーイを引き留めた。

〝誰が何と言おうと、ここは、カーイのお家なのよ〟

〝この国はあなたの故郷で、この王宮はあなたのお家なのよ〟

〝わたくしの王配になってもならなくても、あなたがこの王宮から出て行ったりしたら、お父様が化けて出てくると思うわ〟

そして、ラースの娘のレナも似たようなことを言って、カーイがミルナートの王宮を去ることを引き留めた。

「……」

たった一人の大事な親友を助けられなかった。救えなかった。守れなかった。

誰がどう褒《ほ》めようと、そんな人間にどんな価値があるというのか、カーイには解らない。

解らないまま生きてきた。

ただ親友の忘れ形見を失うまいと、必死に。

〝誰が何と言おうと、ここは、カーイのお家なのよ〟

「……閣下《かっか》？」

ジェスが運んできた報告書にざっと目を通して、そのまま無言で考え込んでいたカーイを、気遣《きづか》わしげにジェスが呼んだ。

「ああ、すまない」

そう言えば戻るように命令するのを忘れていたと、カーイは気づき、それからもっと大事なことに気づいた。

「ジェス、紫斑蛇《むらさきまだらへび》毒の解毒剤を君の故郷からできるかぎり大量に仕入れたい」

「畏《かしこ》まりました。母に伝えます」

領地で薬草の管理をしているのは、ジェスの母らしい。

カーイが下がって良いと言うと、ジェスはきちんと一礼して去る。

モモに紫斑蛇の毒を注射器で注入する。

紫斑蛇から採《と》った毒液は無味無臭《むしゅう》で、モモの果実の色も変えないそうだ。

そんなことが可能だとは、カーイは考えたこともなかった。もちろんレナの食事には細心の注意を払ってきたが。

「――」

カーイは執務室でサマラの毒殺未遂《みすい》事件の調査報告書を詳細《しょうさい》に確認した。

ギアン王太弟殿下の元に女王陛下からのモモを運んだメイドはすぐに見つかった。

メイドは調理見習いの少年から渡されて、ただ運んだだけだと泣きじゃくった。

調理見習いの少年は少年でメモと共に籠《かご》が台所のテーブルの上に置かれていたので、メイドに渡しただけだと言う。

モモはテシガーラ教父から渡ったものだと思われたが、テシガーラ教父は自分の関与を否定した。

貰《もら》ったモモは残さず食べたと言われては、それ以上追及はできなかった。

ただ調べているうちに、キナミ教会長が腹心として持ち上げているわりに、テシガーラ教父はキナミ教会長に不満を持っていることが解った。

キナミ教会長のやり方は緩《ゆる》すぎると。

「……色んなところから不満分子を拾ってくるな、あの男は」

カーイは息を吐く。

直接は嫌みを言うだけ。実行時は絶対に前に出ない。

他人を操り、カーイの足を引っ張る。いつも。

最初の五年、セレー貴族とことを構えるほどの力は、己《おのれ》にもミルナートにもないと思っていた。

次の五年、まだまだ不安定な己とミルナートの国力に、とにかく用心し無視しておこうと思っていた。

さらに次の五年、ミルナートの力はセレーを上回り、カーイの地位も不動と言って良くなった。だから、どうせ奴《ヤツ》にできることなどたかが知れていると思っていた。

「しかし、そろそろ本気でうざいな」

何を狙《ねら》って反セレー派に知恵を付けたのか。

何を考えて、デヴィ王子殿下にレナを殺すように指示を出したのか。

何を思って、カーイとレナをトレオの女王とその異母弟と縁づけようとしたのか。

何を望んで、ギアン殿下の暗殺を試みたのか。

まったく意味不明で、支離滅裂すぎる。

だが、結局ただ単にカーイの足を引っ張りたいだけだと考えれば、全部説明がつく。

初めて遭《あ》った時から、相手はカーイを嫌っていた。いや、小バカにしていた。何もできない平民の小僧《こぞう》だと。

その小僧が、セレー皇帝陛下の甥《おい》の侯爵閣下を差し置いて、ミルナートでは公爵位を得て、摂政《せっしょう》代行を務める。

さぞや気分が悪いのだろうと、察しは付くが。

「あんたは俺を嫌いかもしれないが、俺だってあんたなんか大嫌いなんだぜ」

グゥエンダル・バンディ侯爵。

アリアの輿入《こしい》れと共にやってきたあの優男《やさおとこ》をどうにかする時期が来たようだと、カーイは思った。

狼さんは女王陛下を幸せにしたい！

その人の肖像は横顔を描いたものだった。

秀《ひい》でた額から形の良い鼻筋、緩《ゆる》く開かれたやや薄い唇、少年らしさの残る丸みを帯びた顎《あご》の曲線まで、とても端整だった。

男性にしては細めの眉《まゆ》の下に形の良い切れ長の目。その中に、輝く星のような光点を残して、丹念に塗《ぬ》り潰《つぶ》された黒い瞳がある。

それから、幾重《いくえ》もの光輪を残して、一本一本丁寧に丁寧に塗られた長い黒髪。

カーイの大親友だったその人は、優美な面差《おもざ》しと強い意志を併《あわ》せ持《も》った人のようだ。

その夜、自室でレナは、大昔に母が描いてくれた彼の横顔のスケッチを眺めていた。

この絵をレナが母に描いて貰《もら》ったのは、レナが三つか四つくらいの頃のことだ。

物心ついた時からカーイが何度となく自慢する大親友――己《おのれ》の父の姿を知りたくて、母に肖像画や写真がないのか尋ねたら、この絵を描いてくれた。

レナの母は常識は持ち合わせていなかったが、それを埋め合わせるだけの優れた画才はあったようだ。

鉛筆で描かれただけなのに、その絵の人物は今にもこちらを振り返りそうなほど精巧《せいこう》で魂《たましい》が籠《こ》もっていた。

〝ラースは、自分の肖像を残すのを嫌がったのに〟

親友が残した言葉は何一つ、その通りにしようとしているカーイにとって、母が父の絵を描いたことはとても許せない事案だったらしい。

レナの手にあるスケッチを見た瞬間、カーイは怒り出した。

〝レナが見たいと言ったの！〟

母がムッとした顔で言い返す。

この頃には、自分の母とカーイが、なぜか仲が良くないことにレナは気づいていた。

〝カーイ、ごめんなさい。レナが悪いの。レナがお父様のお顔が知りたいって……〟

これ以上、母とケンカして欲しくなくて、レナは怒るカーイの袖《そで》を引いた。

カーイはレナが傍《そば》にいたことを失念していたらしい。失敗したと呟き、自分の頭をガリガリと掻《か》いて。

それからレナの足下に跪《ひざまず》いて、視線を合わせた。

〝レナが悪いんじゃない〟

カーイが大きな手でレナの頭を撫《な》でる。

〝レナがお父様の顔を知りたがるのは当然のことだ。だが、ラースは……レナのお父様は、自分の顔が好きじゃなかったんだよ。だから……もう、お母様にラースの顔を描かないように言ってくれ〟

そんなことがあったから、レナが持っているこのスケッチが、前ミルナート国王ラースの姿を描いた唯一のものだ。

今の自分とそう変わらない歳で亡くなった少年の姿を、記憶だけで母は描き上げた。親友であったカーイが認めるほど、そっくりに。

だから、政略結婚とは言え、母は母なりに彼に愛情を持っていたのだとレナは思う。

そうでなければ、何年も前に数えるほどしか会ったことのない人を、記憶だけを頼りに、写真に見まがうほど丁寧で細かくて、こんなに優しく素晴らしく絵には描けまい。

いつもレナはこの絵を見るたびにそう思っていた。

……十七歳で亡くなった絵の中の少年は、何一つレナに似ていなかったけれど。

1

「見て見てぇ〜。素敵でしょう？　これでサマラの婚礼衣装を誂《あつら》えようと思うの〜」

と、ノックもせずに極上のシルクを抱《かか》えた母のアリアが、これ以上ないドヤ顔でレナの私的な客間に飛び込んできた。

——お……、お母様……。

顔に出さないように努めながらも、レナは心の中で項垂《うなだ》れた。

一応ここ、この国の女王の客間なんですけど、その訪問の仕方はどうなのですか？——と、説教をしたい。切実に。

が、客人達の手前、説教を始めるわけにもいかず、レナは笑顔のままで固まった。

そんなレナの葛藤《かっとう》をよそに、護衛として扉の傍《そば》に控《ひか》えていたジェスはアリアの乱入直後に姿勢を正し、無言で頭を下げた。

テーブルを挟《はさ》んでレナの斜《なな》め前に座っていた西の強国ナナンの王子デヴィも、即座に立ち上がってこの国の母后《ぼこう》陛下に頭を下げる。

彼の背後でデヴィの護衛官スズは床に跪《ひざまず》き、百歳を超える年齢を感じさせない豊かな黒髪の頭を下げている。

もちろんレナの隣に座っていたサマラ——東の大国トレオの王太弟であるギアンの婚約者だ——も立ち上がって、誰よりもきっちりと六十度の角度に頭を下げ静止していた。

肩書きだけで言えば、レナの母は女王であるレナに次ぐ地位にある。

レナ以外の客人達が母にこのような敬意を示すのは、宮廷儀礼的に当然のことだ。

「いやぁん。そんな堅っ苦しぃい挨拶《あいさつ》は、いいのよぅ～」

しかし、満面の笑みを浮かべた母は、白い長手袋に包まれた美しい手をパタパタと振る。

ことさら子供っぽい喋《しゃべ》り方《かた》と妖艶《ようえん》な美貌《びぼう》のバランスの悪さに、毎度のことながらレナは頭が痛くなる。

――もう、お母様ったら！　わたくし、とても恥ずかしいんですけど！

あと三ヵ月あまりで十七歳になろうとする年頃の娘としては、友人達に対するこの母の困った言動はとても気になる。

「はっ！」

けれども、レナが思うほどジェスは気にしていないようで、速やかに下げていた頭を戻す。

優秀な近衛《このえ》騎士団員の彼女が、飛び込んできた母に護衛騎士として反応しなかったのは、足音だか気配だかで、やってきたのがアリアだと判断したからだろう。

デヴィとその高祖父の母で護衛官のスズも、小さく息を吐いて元の体勢に戻っている。

三人とも一年以上王宮に出入りしているから、アリアの言動には慣れている。

ただサマラだけは、根が真面目《まじめ》だし、まだアリアの性格を摑めていないらしく。

「じ、自分の衣装ごときを、このような上等な品で作って頂《いただ》くのはいかがかと思われますっ！

ミルナートの皆様にはただでさえ、大変お世話になっておりますのに」

アリアの抱えてきた極上のシルクに、畏《おそ》れ多いと首を横にブルブル振った。

先日、何者かに毒を盛られて倒れたサマラだが、一ヵ月経《た》った今では、すっかり回復している。

当初の予定ならサマラも、彼女の婚約者でトレオの王太弟ギアンも、とっくにミルナートを発《た》って故国トレオに戻っている時分である。

が、サマラの症状が落ち着いた頃、ギアンが帰国する旨《むね》を異母姉たるゼアンカ女王に告げたところ、

〝馬鹿者！　せっかくミルナートを訪問しているのだ。一年はそちらにいて、ミルナートの進んだ文化や摂政《せっしょう》代行の仕事のやり方をしっかり学べ！〟

と、一喝《いっかつ》されたのだ。

ギアンは〈王族〉で、その婚約者たるサマラもちゃんとした〈貴族〉の令嬢である。

しかし、長らく軍に籍《せき》を置いた人達のせいか、カーイの武芸や軍略、政治家としての業績や能力を正当に評価してくれている。

レナの王国の〈貴族〉達は、カーイが平民であることにいつまでも拘《こだわ》っている者が多いのにだ。

彼らが好きなことはもちろんだが、カーイを尊重してくれる人が増えているという意味で、デヴィに続いて二人が王都に長期滞在してくれるのは、レナ的にとても嬉しい。

……そんなことをレナが考えているのをよそに。

「まぁ、サマラ！　あなたねぇ～、ご自分がただの伯爵令嬢としてどこかの田舎《いなか》貴族に嫁《とつ》ぐとでも思っているのぉ～？」

抱えていたシルクを横の椅子の上に置くと、母は元々サマラとレナが並んで座っていたソフ

アーに強引に座った。

「あなたの夫はトレオの王太弟殿下。あなたはトレオの王太弟妃殿下になるのよ。そこらの安物で嫁ぐわけにはいかないの」

「それは……、そうですが……」

「しかも、ミルナート王国の女王陛下がその威信《いしん》をかけて贈るトレオの新しい妃殿下の花嫁衣装が、豪華でなかったらどうなると思う？　あなたやギアン殿下だけでなく、レナが恥を掻《か》くのよ～」

「あ……」

その視点はなかったらしい。サマラは目から鱗《うろこ》が落ちたような顔をしている。

「……し、しかし、自分は歳も歳ですので、女王陛下とか母后《ぼこう》陛下のような衣装とか、似合わないですし」

サマラはアリアに抗弁した。

――えっと……、サマラ混乱しているわね……。

年も年ですのでと十ほど年下のレナを引き合いに出すのはともかく、三十代の母を引き合いに出すのはどうなのか。

アリアのフェロモン全開の衣装を恐ろしそうに見ているところから、アリアデザインの衣装が怖いようだ。

「その、ミルナートの皆様に、気を遣《つか》って頂くのは大変光栄なのですが、母后陛下のように、自分は美しくもないですし」

美人か美人でないかと言われれば、サマラは微妙なラインにいる。

少なくとも、レナの母のように個々の美醜観《びしゅうかん》の差異を超越するほど圧倒的な美女とは言えない。

「まあ、サマラ！　あなたは美しいわよ！」

即座に母はテーブルを叩いて反論した。

お母様が言うと、それ、嫌みと言うか皮肉と言うか……あんまりよろしくないのでは？　——と、レナが母とサマラの顔を見ていると。

「あなたは頭の形がとても素敵で、うなじから肩、腕のラインが本当に綺麗なのよ！」

——お、母様……。

その褒《ほ》め言葉は本当に褒め言葉かと、場の全員が思ったに違いない。が。

「それでね、サマラ」

先ほど椅子の上に置いた布の下からアリアはスケッチブックを取り出し、テーブルの上に開いた。

「あなた、こんな感じのワンショルダーのシンプルなドレスが似合うと思うの。シンプルと言っても、布はこちらのシルクでしょ。それに襟元《えりもと》に細かいビーズの刺繍《ししゅう》を施《ほどこ》せば、遠目ではキラキラ輝いて素敵だと思うわぁ～」

デザイン画を差し出されて、絵心のあるサマラは目を瞠《みは》った。

レナやデヴィ達もスケッチを覗き込んで、驚いた。

紙面にはサマラそっくりの人物が、右肩から足下まで流れるような美しいドレスを着て立っている。

鉛筆で描いて、淡く水彩で色づけられているだけなのだが、その出来映《ば》えときたら、ドレスのデザイン画というより、ちょっとした肖像画のようだ。

そして母が言うように、後頭部からうなじ、肩、腕のすらりとしたラインが、うっとりするほど綺麗だ。

「これは……母后陛下がお描きに？」

サマラも絵は上手《うま》い。だが、彼女は建築に強い興味があり、人物は描かない。

サマラに言わせると人物画は建物を描くよりずっと難しいそうだ。

レナも教養の一つとして絵を描くが、サマラや母にはとうてい及ばない。

以前父の絵を描いて貰った時も思ったが、母はモデルを目の前に置かなくても、驚くほど本人そっくりな絵を描いてくる。

「あたくし、絵は得意なのよ～」

母がふふんと鼻高々に笑う。

「もう忘れちゃったかもしれないけれど、レナの服も自分でアレコレ好みを言い出すまで、あたくしが描いた絵を元に作っていたのよ～」

「！」

——ああ、そうだったわ。

カーイとのやり取りはどんな些細《ささい》なことも覚えているレナだが、言われるまで昔、母とあれこれ身に着ける物の相談をしていたことを忘れていた。

忘れていたと言うより、あえて思い出さないようにしていた記憶だ。

幼少期、母の膝の上で母の描いた絵を見て、ここに花をつけてとかここにリボンをつけてとかお願いしていた。

幼い頃は、カーイと同じくらい母のことが好きだった。他の誰よりも美しい容貌の母が。

「——」

いつから、自分が母とは距離を置こうと思うようになったのか、レナはハッキリと覚えている。

〝——ア！　アリア！　どうして⁉〟

遠い記憶からの声に、レナは急に寒さを感じた。

「レナ？」

「レナ様？」

レナの表情に母とジェスが心配げな声をかけた。

サマラも気遣わしげにこちらを見ている。

「なんでもないの」

レナは笑い、それからふと思いついたことを口にした。

「……そう言えば、お母様は、ご自分の結婚式もこんな風に婚礼衣装の絵を描いて、ドレスを作ったの？」

「え？」

母は何を訊《き》かれたのか理解できないような顔でレナを見て、瞬《しばた》いた。

レナの両親は政略結婚で結ばれた。

一応、お忍びでミルナートの某所に避寒で訪れた母を父が見初《みそ》め、恋に落ちたという、世間向けのストーリーは存在していた。

自分が結婚式の日から数えると早すぎるタイミングで生まれたのもそのせいで、父は自分が死ぬのを判っていたかのように、母のお腹の子について一筆遺《のこ》していたし、大親友のカーイにも遺言《ゆいごん》していた。

それでも結婚式の翌日に父が亡くなったために、レナの父が本当は誰なのかと疑う人もいれば、母や母方の祖父セレー皇帝がレナの父を暗殺したと言う人もいる。

——でも。わたくしがカーイを好きなようにお母様がお父様を好きだとは思わないけど、それでも、ほんのちょっぴりくらいは。

ほんの一欠片《ひとかけら》でも愛情があって、母が父のために婚礼衣装を作っていてほしいと、レナは願う。

「……あたくしの結婚式の衣装は、母が決めてくれたわ」

母の回答に、客人達の手前、顔には出さなかったが、レナは心の中で酷《ひど》くがっかりした。

母はやっぱり父との結婚を望んでいなかったのだろうかと、レナは沈《しず》みかけた。が。

「セレー帝国の皇女がちゃんとしたデザイナーのドレスを着ないのはみっともないと言って」

そう母は肩を竦《すく》める。それから。

「そう言えば、あたくし、勝手にサマラの婚礼衣装をデザインする人に名乗りを上げてしまったけれど、ゼアンカ女王陛下はちゃんとしたデザイナーのドレスのほうを望まれるかしら？」

「いいえ、陛下」

母の心配そうな問いにサマラは即答した。

「ミルナート女王陛下の母君に御《おん》自ら婚礼衣装をデザインして頂けるとは、ゼアンカ女王陛下もお喜び下さいますでしょう」

そう言って、照れたように付け加えた。

「それに……こんなに美しい絵を見せられたら、他の方にドレスを作って頂こうとは思いません」

「そうね」

レナも頷いた。

「サマラの美点を余すところなく魅《み》せる婚礼衣装だわ」

「ただ、ヘッドドレスをどうしようかと悩んでいるのよぅ。白い花冠《はなかんむり》にベールってありきたりじゃない？　サマラの一番綺麗なところを隠すようなデザインにするのもねえ」

サマラとレナの言葉に照れたように、母がそんなことを言う。

「ナナンでは、花嫁は小さい布の帽子を被《かぶ》りますよ。王族の場合は帽子に真珠《しんじゅ》をちりばめるので、とても豪華なんです」

デヴィが言うと、母は喜んでデザイン画に帽子を付け加えた。

それを皮切りに皆でサマラの婚礼衣装の相談をした。皆のアイディアを元に、ブーケや他の飾りがデザイン画に付け足されていく。

そうこうしていると、カーイとの訓練が終わったのか、ギアンがサマラを迎えに来た。

せっかくなのでギアンの意見も聞きたいと、レナは椅子を勧めた。

「これは美しいな。サマラによく似合うデザインだと思う。トレオではこのようなドレスは珍しいから、姉上も皆も喜ぶだろう」

皆で話し合ってできたデザイン画を見て、ギアンも嬉しそうに目を和《なご》ませた。

「それにしても、サマラは人物画も描けたのか」

「違います、殿下。自分が描いたなら、こんなに己《おのれ》を美しくは描きませんよ。これは母后陛下が描いて下さったのです」

「陛下が……？」

ギアンもアリアにそんな才能があったのかと目を丸くした。

「母后陛下のお手を煩《わずら》わせることになるとは驚きですが、このように美しい衣装を考えて下さるとは、このギアン、頂いたご恩は一生忘れません」

堅苦しく生真面目なギアンは立ち上がって、丁寧にアリアに頭を下げた。

「まぁ～、そんな重く考えなくてよいのよぅ～。好きでしたことだしぃ」

「いえ、本当にありがとう存じます」

サマラも改めて頭を下げる。それから。

「こんなに素敵な衣装を思いつかれるお母様をお持ちならば、レナ様も早くお母様に婚礼衣装をデザインして頂きたいでしょう？」

世間話的にサマラがレナに話を振った。

彼女はただ純粋に嬉しかったので、アリアを褒め称《たた》えたくて、そんなことを言ったのだと思う。多分。

別にレナを窮地《きゅうち》に陥《おとしい》れようなどと意地悪な気持ちはなかったはずだ。恐らく。きっと。

「……ええ、……まぁ……、そう……ですわね…………」

しかし、痛いところを突かれて、レナは思わず目が泳いだ。

サマラの婚礼衣装のデザインを見れば、確かに母がレナにどんな衣装をデザインしてくれるか、楽しみではある。

が、カーイをはじめとする周囲から毎日のように十七歳の誕生日までに結婚するようにせっつかれているのにもかかわらず、まだ、結婚の予定が立っていない。

──カーイが王配になるって言ってくれれば、すぐにでも全部話が終わるのに！　秒で終わるのに！

しかし、レナの大好きな摂政代行閣下《かっか》はレナの王配になることを拒み続けている。

「も、申し訳ございません。余計なことを申しました！」

「申し訳ない、陛下」

そのことを思い出したのか、サマラとギアンが謝ってくれた。

けれども、ここで謝られるとレナとしてはますます立場がない。

失言に恐縮するサマラ。

婚約者のやらかしに頭を下げるギアン。

上手くサマラの言葉を流すことができなかったレナ。

三者三様に固まってしまうと。

「今のままだと、レナが結婚するのっていつになるか、まったく解らないよね」

デヴィが軽い口調で言い出した。

「あの摂政代行閣下は、陛下のことには猛烈に頭が固いからね。難攻不落の城のようなもんだ」

デヴィの言葉にスズが乗る。

ナナンの王子たるデヴィの高祖父の母とは言え、スズはデヴィの護衛官にすぎない。

いつもは立場を弁《わきま》えている彼女が他の王族達の前で砕《くだ》けた口調を使うのも、重くなった空気を軽くしようとしてのことだと思う。

思うが。

――な、難攻不落の城……。

まったくの第三者であるスズから見てもそう見えていたというのは、なんと言うか……、レナにはとても胸が痛い。

――でも、カーイって本当に難攻不落のお城みたいよね……。

否定できないところが、さらにつらい。

生まれてこの方十七年弱。

もうそれこそ、言葉を覚えた瞬間から「好き」と言い続けてきた気がする。

つまり少なくとも十五年は「好き」と言い続けてきたわけで。

――じゅ、十五年……。

考えているうちに自分の中から出てきた言葉に、うっかり自分が傷ついてしまう。が。

――でも、十五年も片思いを続けられるほど、カーイは格好良くて男前で素敵なんだもの。

カーイってやっぱり凄《すご》いわ。

などと、口に出したら皆から生暖かい目で見られそうなことをレナは思う。

「そうねぇ……、カーイが根負けするのを待っていたら、あと十年はそういう機会がなさそう。

残念だわぁ～」

「十年で足りるかなぁ」

母の言葉にすかさずデヴィが合いの手を入れる。

「お母様！　デヴィ！」

――十年って！

と言うか、十年も酷《ひど》いが、もっと酷いのが。

「根負けって……」

根負けとはなんなのか。

およそ恋愛小説には出てこない単語だ。

――あ。いいえ。ヒロインがヒーローの熱烈攻勢に根負けしたロマンスはあったわ。

が、その逆はない。

いや、レナとて十五年以上「好き」と言い続けてきた自覚はあるから、母がそう言いたくなる気持ちも解らなくもない。解らなくもないとは言え、その認識は是が非でも拒否したい。

――根負けって……それって、なんだか、そのう、しぶしぶ感があると言うか、同情っぽいと言うか……。

自分がカーイを好きなのと同じくらい……は無理だとしても、半分くらいはカーイにも自分のことを好きになって欲しい。

そう願うのは、そんなに高望みなことなのか。

「ジェスもそう思っている？」

「あの、あ、いえ、その」

親友とは言え、自国の女王であるレナから涙目で問われて、ジェスも言葉を探している。

――もちろんカーイはあんなに完璧《かんぺき》で素敵だから、わたくし、好きになって貰うにはまだまだ努力が足りないと解ってはいるけれど。

カーイのこともレナのことも、この場の誰より理解していそうなジェスが言葉を探しまくっている様子に、レナはしょんぼりする。

「……自分には摂政代行閣下の気持ちが解ります」

言葉を探すジェスと肩を落としたレナを見かねたのか、ギアンが口を開いた。

「親友の忘れ形見を護《まも》り育てると誓《ちか》っておいて、その忘れ形見と結婚するなど、最初からそれが目的だったように見る人は見るのでは？　他人にそう思われるのが、閣下のような義に厚く高潔な人間には、耐えられない屈辱《くつじょく》ではないかと」

――屈辱……。

だが、カーイがその有能さにふさわしい地位にいるのに、レナの母の愛人だとか変な噂《うわさ》が流れているのも事実だ。

これでレナの王配になれば、その手の陰口を叩く人はまた増えるだろう。

「男ってしょうがないわよねぇ～」

母はいつもの調子で肩を竦める。

「見栄っ張りと言うか、カッコつけることばっかりに捕らわれて。別に他人がどう思おうと関係ないでしょうにぃ～」

「お言葉ですが、母后陛下。閣下はご自身の名誉や評判を気にされているわけではありません。閣下の評判が落ちれば、閣下を親友として取り立てた前国王陛下の評判が落ちます。そのことを気にされているのではと、自分は愚考《ぐこう》しているのです！」

慌てた口調でギアンは言った。

ギアンはカーイを己《おのれ》の理想としていて、崇拝《すうはい》していると言っていいほど心酔《しんすい》している。

そのカーイがただの見栄っ張りな男と評されるのは、たとえ口にしたのがミルナートの母后陛下でも我慢ができないようだ。

もちろんレナもまるっと同意である。

――ギアンの言うとおりだわ。

カーイがレナの父ラースの幼馴染みで一の親友で、その友情によりレナ達を助けてくれたことを、レナは誰よりも知っている。

――何よりカーイが、お母様やわたくしを、も、弄《もてあそ》んで騙《だま》してミルナートを私物化する悪徳政治家みたいに言われれば、そんな極悪人を親友と呼び、平民の中から引き立てたお父様が、愚《おろ》かで人徳のない人物扱《あつか》いされてしまいますもの。

「……ねぇ、ジェス」

「はい」

レナがジェスを振り返ると、扉の横に立ったまま、ジェスが返事をする。

「王宮の者達は、わたくしがカーイに相手にされていないところを散々見ているのと思うの。それで、その……、えーと、カーイが根負けして、わたくしと結婚しても、カーイやお父様の評判は落ちると思う？」

この場にいる者達の中で、純粋《じゅんすい》なミルナート国民はジェスだけだ。

だから、ミルナートの国内情勢に一番詳《くわ》しいのもジェスだと思い、尋ねた。

ジェスは少し遠くを見るような視線をしてしばらく考え込んだ。

「……閣下は今は公爵位をお持ちですが、元々は平民でいらっしゃいます。いかに数々の軍功を立てた方とは言え、〈祝福〉の力のない方が最高位の爵位を授かり、摂政代行として政権の中枢《ちゅうすう》にいらっしゃるのは、〈貴族〉の方には面白《おもしろ》くないことなのだと思います」

故《ゆえ》に、レナがカーイと結婚すれば、カーイが悪《あ》し様《ざま》に言われることは免《まぬが》れないだろうと、ジェスは言う。

「自分達の感情に沿わない事実には目を瞑《つぶ》り、自分達に好ましい物語を創作して、真実のように語る人達というのは存外多いのです」

「そう言えば、先日レナの王配候補として乗り込んできた、メイギスト王国のナントカ公爵なんて自分がレナに振られたのが納得いかないからって、レナとジェスが恋仲なのだと訳の解らないこと言ってたよね」

デヴィがジェスの真面目な言葉を混ぜっ返した。

「そうそう。平民のカーイに負けるよりは、女性のジェスに負けたほうが、まだあの方のプライドが傷つかなかったらしいわねぇ～」

コロコロと母が笑う。

——もう、デヴィもお母様も！

去年のことだが、気位の高い王配候補にとんでもない発言をされて、ちょっと困ったことがあったのだ。

ただ、ナントカ公爵の言い分が広まらなかったのは、レナのカーイへの傾倒ぶりが、王宮で周知認識されていたからだったりする……。

２

翌朝、己《おのれ》の執務室で昨日のお茶会の顛末《てんまつ》をジェスから聞いたカーイは、目を伏せ、こめかみを押さえた。

報告の最中、いろいろ溜息やら反論やらを飲み込んで無表情を装い続けた己を褒《ほ》めてあげたい。まったく。

王宮に住むようになり、摂政《せっしょう》代行閣下《かっか》と呼ばれるようになり、ずいぶんと自分も〈貴族〉の真似ができるようになったものだと思う。

――最初は人間に擬態《ぎたい》し、ただの人間から〈貴族〉に擬態して。〈獣《けもの》〉のわりに頑張ってるじゃねぇか、俺。

「……閣下？」

「――ああ、いや、十年待てば私が根負けすると、陛下が誤解されてなければいいと思っただけだ」

「……」

――否定しないのかよ、おいっ⁉

軽く睨《にら》むと、さらにジェスは難しい顔をして押し黙った。そして。

「……十年先だろうと二十年先だろうと、陛下が閣下を諦《あきら》める未来が、わたしには想像できません」

そういう無駄に暗い未来予想をすんなよ、お前！　いや、予想しても口に出すなよっ！　――とか、カーイは盛大に言い返したかった。

けれども、カーイは思ったことをそのまま口にできる幼い子供ではない。そういう反論は〈貴族〉らしくもない。

だから、立派な摂政代行閣下としては、思っても口にも顔にも出さない。出さないが。

「――根比べか」

気分は籠城戦《ろうじょうせん》だ。しかも、カーイが攻める方ではなく、城に籠《こ》もって守る方だ。外部からの援軍がなければ、籠城戦というのは基本勝てる戦じゃない。

――外部からの援軍ねぇ……。

援軍のつもりで呼んだ国内二十四名の王配候補達は、城に辿《たど》り着《つ》けなかった。ナナンのデヴィ王子殿下は攻め手側のレナの味方になってしまった。呼んだ覚えはなかったが、援軍としてやってきたはずのトレオのギアン王太弟殿下は、結局どちらの味方にもなっていない……。

カーイとしては正直何がどうしてこうなったのかと、天国の親友に尋ねたい。

この国では十七歳で成人と認められる。

成人した女王に摂政はいらない。

そして、もちろん摂政代行もいらなくなる。

カーイが摂政代行でいられるタイムリミットのレナの成人式まで、もう三ヵ月ほどしかないのに、王配選びは難航している。

ジェスや他の部下達から「王配候補に対する採点が厳《きび》し過《す》ぎです！」とか、「二十歳前後の青年に、最初から求め過ぎです」とか言われ、カーイ的にはかなり頑張った。

頑張って、レナの王配に対する基準を下げたのだが、それでもコレという人物が現れない。

「……成人式までに、せめて婚約は終わらせたかったのだが」

無意識に繰《く》り言《ごと》が口から零《こぼ》れた。

「……そ、それにしても母后《ぼこう》陛下があんなに絵の才能に溢《あふ》れた方だとは存じ上げませんでした」

話を逸《そ》らしたいらしいジェスは、唐突にそんなことを言い出した。

「サマラ様が仰《おっしゃ》ったように、母后陛下が女王陛下の婚礼衣装をどのようにデザインされるか、楽しみです」

「……陛下の婚礼衣装か」

極上のシルクと真珠はすでに押さえてある。

王室デザイナーから、何枚もの案も貰《もら》っている。

アリアが描くと言うなら、描かせてみてもいいと思う。

アリアについて、カーイは他のことはまったく信用していないが、画力とドレスのセンスだけは悪くないと知っている。

——……母親がデザインした婚礼衣装、か……。

取り急ぎ行われたラースの結婚式の貧相さを、カーイは覚えている。

すでに両親を亡くしていたラース自身が仕切ったものとは言え、ラースが大切にされていなかったことを象徴するような貧相な結婚式だった。

豪華な結婚式より国民が大事だと言ったラースの言葉は正しいが、今のミルナートなら多少王族の儀式に予算を振り分けても問題はない。

と、言うか、何年も前から予算の準備も万全だ。

母后陛下がデザインした婚礼衣装と豪華な結婚式は、レナが家族からも普通に愛された子供であることを、皆に知らしめるだろう。

カーイの親友ラースとは何もかも対照的に。

——あとは、レナを大事にできて、レナの横にいるのが相応《ふさわ》しい王配を見つけるだけだというのに、まったく。

レナがカーイ以外の誰かを王配にすると言ってくれれば、すぐにでも問題は全部解決するんだがと、カーイは心の中で溜息を吐いた。

「失礼します、摂政代行閣下。ペルムント大公国より赤衣《せきい》使者が参っております。いかがなさいますか」

「ペルムント大公国？」

そこへ部下がやってきて、カーイは眉根《まゆね》を寄せた。

ゼアンカ女王とのやり取りで用いた〈鏡士《かがみし》〉は緊急時には役に立つが、書面が残らない。

だから、国家間の正式なやり取りでは書面を持たせた使者を立てるのだ。

そのなかでも赤衣使者は国家間の重要案件を取り持つ使者だ。

――最近、ペルムントと何かあったかな？

ペルムント大公国はセレー帝国を構成する十一の国の一つだ。

セレーの帝都から遠く、これといった特産物も産業もない。そのせいでミルナートとはほとんど交易がない。

また、ミルナートはセレーの〈貴族〉や豪商には人気の避寒地だが、セレー帝国の端にあるペルムントからは遠すぎて、避寒や観光に訪れる者もまれだ。

近年ミルナートは、セレー帝国の〈貴族〉や商人に対して対応を厳しくしている。

しかし、ほとんど接触のないペルムント大公国の〈貴族〉と問題が生じたとの話は聞いた覚えがない。

「陛下の王配に関することと申しております」

首を捻《ひね》っていると部下が言葉を足した。

では、自分が面会せねばなるまいと、カーイは午前中の予定を頭の中で入れ替えた。

⚓

「はじめまして、カーイ・ヤガミ摂政代行殿。ハバート・ペルムント・ドニと申します」

赤衣使者であることを示す赤く染められたマントを着た青年は、髪と瞳がモスグリーンで、標準的な視点では顔は悪くなかった。

——と言っても、レナの隣に置くには微妙な面《ツラ》だ。

顔だけは満点をつけてもいいデヴィ殿下と比べると、あまりに地味だ。

「……ペルムント大公の甥《おい》ではなかったかな？」

そんなことを考えながら椅子を勧め、相手が座り、自分も座ったところでカーイは尋ねた。

「は、はい。よくご存じで」

カーイに睨まれて、ハバートは強《こわ》ばった笑みで頷いた。

——……この程度でビビってんじゃねーよ。

訓練場での武官モードであれば、怒鳴っているところだ。

ハバートは、まさかミルナートの摂政代行が己の名前や身分を知っているとは思わなかったらしい。

だが、実は十年ほど前からレナより三つ歳下から十歳年上までの主立《おもだ》った国の王侯貴族の青年を、カーイはリストアップし、王配候補としての選定をしていた。

その際、レナの母がセレー帝国の皇女であることから、セレー帝国の貴族達は最初に×をつけて候補から外していた。

ところが、レナが十六歳を迎えてもめぼしい相手が見つからなかったため、最近「もしかしたら、当たりがいるかもしれない」と改めてセレー帝国の貴族達も精査したのだ。

記憶に間違いがなければ、現ペルムント大公の弟の一人息子であるハバートは、今年二十三歳になるはずだ。

セレー帝国大学を優秀な成績で卒業し、今は大公の補佐官をしている。

特に悪い評判はなかったが、幼い頃からペルムント大公の一人娘との婚約が決まっていたと聞いた。

それで、カーイは彼の名前の上には改めて×をつけていたのだ。

「セレーの皇帝陛下とペルムント大公殿下からの書です」

差し出された書面をカーイはざっと読んだ。

「――この書面には、皇帝陛下も大公殿下も、あなたを我が国の女王陛下の王配に推挙すると書かれているが？」

ハバートの名前を聞いた瞬間、予想は立てていたが、それにしても王配候補本人が赤衣使者としてやってくるとは驚きだ。

外交的な常識から言えば、〈王族〉の婚儀はまず高官達の打ち合わせから入るものだ。

デヴィ殿下の時も最初に官僚達で条件をすりあわせた。

ギアン殿下の時は、やはり一部の官僚がアリア――と言うかバンディ侯爵――の意向を受けて、水面下で動いていた。

最初のやり取りでいきなり本人がやってくるのは、常識外れもいいところである。

「浅学非才の身ですが、皇帝陛下と大公殿下の推挙を頂《いただ》き、ペルムント大公国ひいてはセレー帝国と貴国の友好をより高めることができるよう、精一杯努力する所存です」

「失礼ですが、大公のご息女、ロミリアーナ公女殿下と婚約されていたのでは？」

「それは…………！」

まさかそこまでカーイが知っているとは思わなかったのだろう、ハバートは驚いた表情で固まった。

――とは言え、セレーのお偉方《えらがた》は、事前に官僚達を通じて申し出たら、公女との婚約を理由にお断りされると思ったんじゃないのか？　じゃなきゃ、非常識を承知で、本人を赤衣使者として送り出すわけないだろうし。

しかし、そこまで考えたのなら、事前に耳に心地よい言い訳を作るくらいのことはできただろうに、なぜ言葉に詰まるのか謎《なぞ》だ。

よもやこの男、頭脳に欠陥《けっかん》があるのではないだろうか——と、カーイは不快感を募《つの》らせながら、相手の反応を待った。

「……そ、それは、両親や一部の臣下《しんか》が勝手に言っていたのです。ぼ、ぼくも公女殿下もそのような関係ではなく」

「——まさか、公女殿下に振られたから、我が国の王配を目指したと？」

「あ、あ、あ、い、いえ、そ、そういうつもりでは」

図星だったようだ。

——こいつは駄目だ。

常々ジェスを始め、部下達から「摂政代行閣下が王配候補に求める基準は、厳しすぎます」と苦情を言われているカーイだが、親友のたった一人の忘れ形見を託《たく》す相手だ。

語り出せば、レナの王配に対する注文など百や二百どころではきかない。一晩どころか年が明ける。

——駄目すぎる。セレーの貴族ってだけでもかなりマイナスなのに、顔は地味だわ、俺にちょっと睨まれたくらいでビビりまくるわ、満足に返事はできないわ……。

そもそも幼馴染みのペルムントの公女に振られるような男が、ペルムントより格上のミルナートの女王の王配になれるわけがなかろう！　と声を大にして強く訴《うった》えたい。

――これはジェスやデヴィ殿下が見ても、×を付ける案件だぞ。俺が厳しいわけじゃないぞ。絶対に俺が厳しいわけじゃないぞ。

と、誰へとはなく心の中で言い訳をしつつ、カーイは立ち上がった。

「要件は解りました。残念ですが、お帰りください」

「あのっ！　ぼ、ぼくはセレーの」

「お帰りください」

相手の言葉を遮《さえぎ》り、にっこり笑って――部下達からは狼《おおかみ》のように獰猛《どうもう》だと言われる顔だ――丁寧に重ねて言うと。

「――」

ハバートはカーイに反論する気力を失ったか――そういうところが、駄目なんだよ！　とカーイは思った――蒼白な顔で、すごすごと部屋を出て行った。

③

季節は冬だが、今日はよく晴れていて日差しが心地よい。

「では、サマラ様の婚礼衣装は、母后《ぼこう》陛下のデザインの物になるのですか？」

「母后陛下のお召《め》し物《もの》はいつも素敵ですが、サマラ様にはどうでしょうか?」

「お母様はちゃんとサマラに似合う物をデザインしています。とても素敵なのよ」

王庭に面した広いサンルームでレナは同世代の〈貴族〉の令嬢方と、そんな他愛《たわい》ないお喋《しゃべ》りをしながら、せっせと刺繍《ししゅう》をしていた。

明日、王都の大聖堂前広場で行われるバザーに、レナ達は〈女王陛下や高貴な令嬢方が自ら刺繍をしたハンカチ〉を何十枚か出すことになっているのだ。

バザーの収益は、孤児や身寄りのない老人達の施設を運営する費用に充《あ》てられる。

そういう施設には王国から予算が出てはいるし、まとまった金額を女王の私費から寄付もしている。

それはそれとして、こういった慈善事業にレナが率先して同世代の令嬢方を率《ひき》いて参加するのは大事なことなのだと、キナミ教会長もカーイも言う。

レナももっともだと賛同し、こうして同世代の令嬢方と刺繍の会をすることになった。

ちなみに刺繍が苦手なジェスは、今日は護衛から外れて、デヴィやギアン達と木彫りのアクセサリーや木工玩具《がんぐ》を作っている。

——カーイも木彫りのブローチを作ると言っていたから、一つは絶対買わないと。

できれば全部買い占めたい。

——でも、カーイの器用で芸術家の面を広く皆に知らしめるには、わたくしが独占するのはよくないですわよね。

子供の頃はドングリとか松ぼっくりとかを使って、カーイは器用にアクセサリーや人形を作ってくれた。

それなのに、いつの頃からか、「女王陛下にはこのような貧乏人が作るような物は似合いません」と他の〈貴族〉達のようなことを言うようになって、作ってくれなくなった。

——わたくし、カーイが自分で形の良いドングリを拾い集めて、手ずから綺麗に磨《みが》いて作ってくれたネックレスのほうが、どんな宝石のネックレスより好ましいのに。

一国の女王がドングリのネックレスを付けて公式行事に出るわけにはいかないのも解ってはいるが、少し寂しい。

「こんにちは、レナ」

「失礼いたします、女王陛下」

そんなことを考えながらレナが刺繍をしていると、青い顔をした母と母の従兄《いとこ》であるグゥエンダル・バンディ侯爵が一人の青年を連れてやってきた。

青年が身に付けている赤いマントは外国の使者の印だ。

「女王陛下と大切なお話があるの。席を外して下さる？」

同席していた令嬢達と護衛の騎士に母が言う。

昨日の非常識な言動について、晩餐《ばんさん》のあとで小言を言ったせいか、今日の母の言動はいつもより常識的だ。

――アポなしで女王陛下のお仕事の場に、外国の使者を連れてくるのはどうかと思うけど。

母后陛下に命じられた令嬢達は、慌てて針《はり》仕事の道具を片付け、レナや母達に一礼して去って行く。

護衛騎士も一瞬迷うような顔をしたが、レナが頷くとサンルームを出て行く。

「陛下、どうか我がセレー帝国が誇《ほこ》る優秀な〈貴族〉ハバート・ペルムント・ドニを紹介させて下さい」

全員が去って人払いが終わったところで、勿体《もったい》ぶった口調でバンディ侯爵は言い、一人だけ椅子に座ったままのレナの前に青年を出した。

「はじめまして、レナ女王陛下」

青年が頭を下げる。

レナはにっこり笑った。バンディ侯爵が嫌いだからと言って、初対面の相手に感じ悪く振る舞うのも大人げない。

「はじめまして。ペルムント大公国の方ですか？」

名前に国名が入っているので尋ねれば。

「はい。大公は伯父《おじ》になります」

「酷《ひど》いんですよ、陛下」

彼が答えると、すぐにバンディ侯爵は例のいかにも〈貴族〉らしい仕草で刺繍の道具が載せられたままのテーブルをコツンと叩いた。

「摂政《せっしょう》代行が、あなたのお祖父《じい》様が厳選し、ミルナートに送ったあなたの王配候補であるハバート殿を、あなたに会わせもせず追い返したんですよ」

――まあ！

恋愛小説ならば、それは恋に狂った男の所業である。

なので、一瞬レナの心は弾《はず》んだ。が。

――でも、カーイがそんな理由で彼を追い返すはずがないわよね。

すぐにそんな恋愛小説みたいな展開は己《おのれ》とカーイの間にはないと、弾んだ気持ちを打ち消した。

カーイはレナが自分以外の誰かと結婚することを望んでいる。

レナがこんなにカーイのことを好きなのにもかかわらず、自分のような男はレナには相応《ふさわ》しくないとジェスに言っているらしい。

――相応しくないだなんて。わたくしのほうこそカーイに相応しくないかもしれないのに。

ずっとそういう思いがあったから、レナはコツコツ努力を積み重ねてきた。カーイが望む立派な女王になるために。

――それに、いつも私に、親や育ちや本人のどうにもならない理由で人を差別しないようにと言っているくせに、なぜ孤児だとか平民だとか、それから〈魔人〉だからとかで、己を卑下《ひげ》するのかしら？

カーイは己が孤児で平民で、そして〈魔人〉であることを気にしている。

親がいなくても、カーイは軍を率い、海賊《かいぞく》や盗賊を討伐《とうばつ》し、摂政代行の仕事をこなすくらい立派に育った。

平民だからってなんだというのだ。〈貴族〉の持つ〈魔力〉がなくても、そこらの〈貴族〉以上にカーイは立派に国を治めている。

〈魔人〉であることだって、レナに言わせれば、まったく問題ない。

――狼《おおかみ》姿のカーイだって人間姿のカーイに負けず劣《おと》らず格好いいわ！

確かに教会は〈魔人〉を悪魔の使いだとか呪《のろ》われた存在だとか言っているが、カーイが摂政代行になってからどんな災害がミルナートを襲ったと言うのか。

――〈魔人〉が呪われた者だなんて、迷信だわ。カーイはそんなこと、ぜんぜん気にしなくていいのに。

だが、先日ギアンが言ったように、自分がレナの王配になることで、親友の評判を落とすのを嫌がっているのだとも思う。

――もし、わたくしが。

レナが彼の大親友の息子でなければ、カーイはレナの手を取ってくれるだろうか。

——それとも、お父様の子供でなければ、カーイにとってわたくしの価値はまったくなくなってしまうのかしら……？

「ハバート殿はセレー帝国大学を優秀な成績で卒業されています。それにセレー帝国の中でも古い歴史を持つペルムント大公国の大公家の方です。きっと陛下がこのハバート殿と恋に落ちたら大変と、あの男は思ったんでしょうね」

レナがカーイのことを案じているのをよそに、バンディ侯爵は得意げな調子で説明している。

そのような心配は必要ないし、そもそもカーイはそんなことは心配しないわ——と、レナは胸の中で呟いた。

「それで侯爵がお母様に頼んで、こんな変則的なご挨拶《あいさつ》になったのですね」

母がレナから視線を逸《そ》らす。

非常識の塊《かたまり》みたいな母はレナやカーイの頼みにはなかなか応じないが、幼馴染みで従兄のバンディ侯爵には強く出られない。

「カーイが会わなくていいと判断した方なら、わたくしが会っても仕方がないと思いますわ、グゥエン伯父様」

「何を仰《おっしゃ》いますか、女王陛下」

グゥエンダル・バンディ侯爵はねっとりとした口調で反論してきた。

「せっかくあなたのお祖父様や伯父上方が政務で忙しい中を多くの青年と面談して、あなたのために彼を選んでくれたのですよ。セレー皇帝陛下とセレーの皇太子殿下のお気持ちを踏みにじられるのですか？」

「わたくし、別に王配候補を選んで寄越してくれなどと、お祖父様にも伯父様方にも頼んでいません」

「もうすぐ陛下も十七歳ではないですか。成人され、摂政代行も摂政もいなくなります。代わりに陛下を支える者が必要でしょう」

嫌みっぽい口調で、バンディ侯爵は言う。

こういう論を展開するのは、バンディ侯爵だけではない。

カーイ本人からも他の重臣、高官達からもレナは耳にたこができるほど言われている。

——別に摂政代行じゃなくなっても、カーイは首相でも大臣でもなればいいじゃない。もちろん一番いいのは王配ですけど。

どうしてだか、皆、レナが成人したらカーイがいなくなるものと思っている節《ふし》がある。

——平民の公爵を、ようやくお役御免《ごめん》でお払い箱にできると思っているんだから、もう。

ミルナートの〈貴族〉達は、誰が盗賊や海賊達を討伐《とうばつ》し、誰が港を整えたのかを忘れている。

「……あ、あなたはぼくと結婚したほうが良いかと思います、陛下」

それまで黙っていたハバートが言った。

「今後の平穏のためには、セレー皇帝陛下に逆らわない方がよろしいかと」

レナはハバートを見詰め、ことさらにっこりと微笑《ほほえ》んだ。

「どういうことですか？　お祖父様がわたくしを困らせるようなことをなさると？」

「レナ」

母が止めるような口ぶりでレナの名を呼ぶ。

レナは一度彼女を振り返ったが、すぐにハバートのほうを向き直り、質問の答えを待った。

「……はい。今、セレーは国としてたくさん問題を抱《かか》えています。ミルナートの援助がどうしても必要なのです。援助……いえ、ミルナート自体が必要で、皇帝陛下はなりふりかまわない状態でいらっしゃいます」

声は震えているが、内容は恫喝《どうかつ》に近い。

「叔父上《おじうえ》も大変なんですよ。——ああ、そういう観点から見れば、陛下はハバート殿と結婚しなくてもいいのかもしれないですね」

ハバートの言葉に、バンディ侯爵が嘲《あざけ》りの混じった声で口を挟《はさ》む。

バンディ侯爵はレナの祖父、セレー皇帝の甥《おい》だ。

彼の父は弟と帝位を争って敗れ、その直後に急死した。

運命がほんの少しずれていたら、自分はセレーの皇帝か皇太子だったという思いが、バンディ侯爵からはいつも溢《あふ》れているようにレナには見える。

——グゥエン伯父様にとっては。

バンディ侯爵にとっては、レナがセレー皇帝の選んだ相手と結婚すれば、セレーの〈貴族〉を嫌うカーイやミルナートの〈貴族〉達に嫌がらせができる。

レナが、ハバートを選ばなければ、せっかくミルナートと新しい絆《きずな》を結ぼうとハバートを選抜し送り出したセレー皇帝に嫌がらせができる。

——そういうところなのでしょうね。

己の人生に不満があるからかなんだか知らないが、全方位に常に嫌がらせをしているバンディ侯爵らしい厭《いや》な考え方だ。

「バンディ侯爵、味方をして下さい。皇帝陛下がその気になられたら、あなただって無傷ではいられますまい」

ハバートがバンディ侯爵にきつい視線を向ける。

「僕は無傷ですよ。いつだってね」

バンディ侯爵は嘲笑《ちょうしょう》を浮かべて、ハバートやレナを見下ろす。無駄に背が高いのだ、この男は。

レナは一つ息を吐いた。

なぜ、こんな厭な思いをしてここにいないといけないのか、解らない。

「そうですわね。グゥエン伯父様。あなたはいつだって無傷でしたわね」

ルアードがレナを殺そうとした時も、デヴィがレナを殺そうとした時も。

ギアンとサマラがレナからの贈り物——実際はレナが贈った物ではなかったが——で毒殺されそうになった時も、犯人と思われる者達を陰で操《あやつ》っていたのはバンディ侯爵ではないか。そうカーイが疑って調べているのをレナは知っている。

——それだけではなくて、この人はずっとカーイの足を大なり小なり引っ張ってきた。

レナは膝の上で両手を組んだ。

——この人は、カーイと真逆だわ。

自分を犠牲《ぎせい》にしても赤の他人のために働き続けるカーイと反対に、バンディ侯爵は絶対に自分は傷つかない方法で他人を……血の繋《つな》がった家族ですら傷つけ続ける。いつまでもけして飽《あ》きることなく。

己の人生に不満があるというだけで。

レナは俯《うつむ》けていた顔を上げて、バンディ侯爵とハバート達を見上げた。

「レナ！　やめて！」

レナの気持ちを察した母が叫ぶ。

「——セレーの皇帝に何ができると言うのです？」

レナはバンディ侯爵を毅然《きぜん》とした顔で見上げた。

絶対に声を震わせたりしない。

絶対にこんな人に、負けたりしない。

そう強く念じて。

「わたくしにミルナート王家の血が一滴も入っていないことを証明しても、十七年近く女王の座にあったわたくしを、今さらその座から降ろせるとでも？　わたくしを女王の座から降ろしたら、困るのはセレーの皇帝では？」

「……じょ、女王陛下……」

ハバートが息を飲む。

「……なんと」

馬鹿にしたような笑みを、バンディ侯爵は深める。彼にはレナの言葉は――真意は届かないらしい。

「あなたがわたくしの本当の父親だからと言って、それでわたくしを傷つけることはできません。むしろ、これ以上わたくしの周囲を傷つける気なら、わたくしがあなたを排除します」

レナはバンディ侯爵を精一杯の力を込めて睨《にら》みつけた。

レナの祖父と彼の父は一卵性の双子《ふたご》で、お互いの妻も姉妹だったと言う。

だから、バンディ侯爵の瞳は母と同じ紫の瞳だ。今は銀色の髪も、若い頃は母と同じく金色で……つまり、自分の姿はこの人によく似ていると、気がついたのはいつだったか。

〝――ア！　アリア！　どうして⁉〟

この男が珍しくもそんな悲痛な声をあげて、母の部屋から去って行ったのはいつだったか。

ただ、黒い髪と黒い瞳を持つラース前国王の血を引くならば、己の髪の色が金色で己の瞳の色が紫である可能性はほぼないと打ちのめされたのは、〈顕性遺伝子《けんせいいでんし》〉と言う言葉の意味を知った時だと覚えている。

「……ほほう。お前を親友の忘れ形見だと信じ切って、後生大事《ごしょうだいじ》にしてきたあの平民に、親友の忘れ形見などこの世界のどこにも存在しないと言えるのかな、我が娘よ？」

「──」

知っていたとは言え、改めて実の父親から一番痛い事実を突きつけられて、レナは膝の上で指が痛くなるほど両手を握り締めた。

⚓

ガシャン！

と、耳障《みみざわ》りな大音と共に、サンルームの磨《みが》かれた大きな窓ガラスが割られた。

ガシャン！　ガシャン！　ガシャン！

複数の石によって割られたガラス窓から、冷たい外気が風となって流れ込んでくる。

「なっ……！」

まさかミルナートの王宮内で、真っ昼間からサンルームの窓ガラスを破壊する輩《やから》がいるとは想定外すぎて、バンディ侯爵も一瞬、反応が遅れた。

そこへスッと何かが飛んできて、バンディ侯爵の形のいい額にぶつかった。

「っ！　な、なんだ！」

礫《つぶて》がバンディ侯爵とハバートを襲い、二人は顔を庇《かば》うように両腕を上げた。無防備になった腹に大きめの石が投げつけられ、二人とも衝撃《しょうげき》で膝を突いた。

大股《おおまた》でカーイが庭の木陰《こかげ》から歩いてくる。

薄い色ガラスごしでも、その奥の金色の瞳が怒りに燃えているのが解る。

――きか……れた……？

「何をする⁉」

「何を……⁉　ぼくはこれでもペルムント大公の」

「うるさい！」

カーイはバンディ侯爵とハバートの両方に当て身を食わせ、完全に気を失わせると、黙々と二人を縛《しば》り上《あ》げた。

そして、バンディ侯爵を肩に担《かつ》ぎ、反対側の腕に引っかけるようにしてハバートを持ち上げた。

カーイは一度もレナを見なかった。ただの一度も。

「カーイ！」

そのまま去ろうとするカーイの腕を摑んだのは、母だ。

「放せ」

今までレナが一度も聞いたことのないような冷たい声で、カーイが母の手を振り払う。

「待って、カーイ！　待って、お願い。待って！」

今までレナが一度も聞いたことのないような必死な声で、母はカーイに取りすがる。

「待って、これを……ラース様の手紙なの、これを」

胸元から母が古びた封筒を取り出した。

「預かったの。いつか生まれてくる子供の父親が誰か、カーイが知ることになったら、渡してくれって」

「……よ」

「え？」

「つんだよ、それは！」

母を怒鳴りつけたカーイが、その古い手紙を奪って場を去って行くのを、レナはただただ凝《ぎょう》視《し》するしかなかった。

4

セレーが寄越した王配候補者をバンディ侯爵がレナの元に連れて行ったと聞き、「またあの男が面倒なことを始めたな」と、カーイはうんざりしながら、レナ達がいるサンルームへ向かった。

庭から近づいたのは、単にその報告を受けた場所からサンルームまでの最短距離が、屋内より庭を横切ったほうが早かっただけだ。

「……ほほう。お前を親友の忘れ形見だと信じ切って、後生大事にしてきたあの平民に、親友の忘れ形見などどこの世界のどこにも存在しないと言えるのかな、我が娘よ？」

カーイは〈魔人〉だ。

普段は人間の姿をしていても、己《おのれ》の本質は狼《おおかみ》だと思っている。

そう思う理由は複数あったが、そのうちの一つが、己が持つ人間離れした聴覚だ。

「……ほほう。お前を親友の忘れ形見だと信じ切って、後生大事にしてきたあの平民に、親友の忘れ形見などどこの世界のどこにも存在しないと言えるのかな、我が娘よ？」

普通の人間なら、サンルームの窓ガラスと距離に阻《はば》まれ、バンディ侯爵の声は聞こえなかっただろう。

だが、カーイには聞こえた。

聞こえてしまった。〈魔人〉だから。

その一瞬、聞こえてきたバンディ侯爵の声がただの意味をなさない音になった。

それから、侯爵の発した音がバラバラな単語になり、きちんと並んだ文章になり、ようやくカーイの中で意味を形成した。

——ラース！

バンディ侯爵が何を言ったのか理解した時、恐ろしいほど強い感情が胸の中で渦《うず》を巻いてカーイの喉元に押し寄せてきた。

——ラース!!

初めてちゃんとカーイを見てくれた人間。

初めてカーイを抱き締めてくれた人間。

カーイに名前をくれて、一緒に人生を歩んでくれた。〈魔人〉であるカーイを恐れず、それどころか親友だと誇《ほこ》りに思ってくれた。

——ラース!!!

顔に醜《みにく》い痣《あざ》がある。

ただそれだけで、彼は両親から疎《うと》まれた。

子供として受けるべき愛情も、王子として受けるべき敬愛も、彼にはなかった。

王子として許されただろういかなる贅沢《ぜいたく》やワガママとも無縁で、国王に即位してからもそれは変わらなかった。

たった十七年と数ヵ月。

それだけしかなかった彼の人生に、一つくらい幸せなことがあったのか。

——この世界に何一つ生きた証《あかし》を残すことなく、ラースは死んでいったと言うのか?

それは……そんな事実は、カーイには受け入れがたかった。

いや到底受け入れるわけにはいかなかった。

「っ!」

その場にしゃがみ込んで石をいくつか拾うと、サンルームの窓ガラス目掛けて投げた。

ガシャン! ガシャン! ガシャン!

小気味よくガラスが割れる。割れ落ちたガラスが床の上でさらに細かく割れる。

拾う石の大きさを変えて、小さめの石をバンディ侯爵の額に狙いを定めて指で弾《はじ》く。それからハバートの額。肩。バンディ侯爵の頬。

飛んでくる礫《つぶて》に二人が腕を上げたところで、今度は大きめの石で鳩尾《みぞおち》を攻撃した。

カーイがベースボールのピッチャーなら、惚《ほ》れ惚れするような制球だと自慢に思っただろう。

だが、カーイはピッチャーではない。

――こういうところが、化け物なんだよな、俺。

己の人間離れした能力が、子供の頃はただただ誇らしかった。

しかし、己が〈魔人〉……教会が災いをもたらす者として忌み嫌う存在なのだと知ってからは、そして、ラースが早世してからは、嫌悪感しか感じなくなった。

「何をする⁉」

「何を……⁉　ぼくはこれでもペルムント大公の」

鳩尾に石を受けて膝を突いた二人が吐き気と痛みを堪《こら》えるような顔をしながらも、カーイに食ってかかる。

「うるさい！」

カーイは怒鳴った。

――うるさい。うるさい。うるさい！

感情のままバンディ侯爵とハバートの両方に当て身を食わせ、今度こそ気を失わせた。

レナに背を向けたまま、カーイは黙々と二人を縛《しば》り上《あ》げた。

レナの顔が見られない。

ラースの娘だと信じてきた——本当に？　——ずっと信じてきた。

どんな顔をしていいか解らない。

レナの顔が見られない。

ラースの娘だと信じてきた——本当に？　——ずっと信じてきた。

どんな顔をしていいか解らない。

ぐるぐると同じ言葉が頭の中を巡《めぐ》っている。

バンディ侯爵を肩に担ぎ、反対側の腕に引っかけるようにしてハバートを持ち上げた。意識を失っている男二人を一人で運ぶのは、さすがのカーイでも少々苦だ。いつもなら。

けれども、肩や腕にずしりとくる重みより、背中に感じるレナの視線のほうが苦しい。

「カーイ！」

そのまま去ろうとするカーイの腕を摑んだのは、レナではなくアリアだ。

「放せ」

カーイはアリアの手を振り払った。

昔からこの女が嫌いだった。ラースの妻だから、レナの母親だから我慢してきた。

——俺は何を我慢してきたんだ？

物凄《ものすご》く自分が間抜けだと思う。

馬鹿すぎて腹が立つ。腹が立って仕方がない。どうして、自分がレナの顔を見られないのか、腹が立って仕方がない。

「待って、カーイ！　待って、お願い。待って！」

今まで一度も聞いたことのないような必死な声で、アリアはカーイの腕にすがりついた。

──何だと言うのだ？

「待って、これを……ラース様の手紙なの、これを」

胸元からアリアが古びた封筒を取り出してきた。ずっと……いつも身に付けていたらしい。

「預かったの。いつか生まれてくる子供の父親が誰か、カーイが知ることになったら、渡してくれって」

「……よ」

怒りに震える喉が、上手《うま》く言葉を作れない。

「え？」

聞き返されて、さらに腹が立つ。

「つんだよ、それは!?」

なんだよ、それは。

──ラースは、こうなることを予測していたのか。

ラースは知っていたのか。自分が長くないことを。

ラースは知っていたのか。自分の妻が他の男の子供を身ごもっていることを。

知っていて、いつも微笑《ほほえ》んでいたのか。

──俺を。

独《ひと》りこの世に残されるカーイを気遣《きづか》って。


「閣下《かっか》？　あの、バンディ侯爵が何か？」

地下牢《ろう》へ行く途中でジェスと出会う。

「あの、は使うな」

ジェスの質問に答えず、カーイは早足で地下牢を目指した。

他にも何人かすれ違ったが、カーイがよほど厳しい顔をしていたのか、ジェス以外の誰も声をかけてこなかった。

「！」

そして、突然やってきた摂政《せっしょう》代行に、地下牢の番人は目を丸くした。

それでも、カーイがしばらく誰もこの二人に近づけるなと手話で伝えると、番人はしっかりと頷いた。

番人と二人でバンディ侯爵達の縄《なわ》を解き、それぞれ別々の牢にぶち込んだ。

もし彼らがレナの本当の父親が誰だかわめいても、ここの番人は耳が不自由だからなんの意味もなさない。

王宮の地下牢は処分に困る〈貴族〉を一時的に放り込む場所だが、ここ何年もそういう問題が生じていないので、地下牢には他の囚人《しゅうじん》もいない。

「――」

本当は気を失っている侯爵やハバートを叩き起こして、彼らから聞かなくてはならないことはたくさんあった。

だが、何より先にカーイは、ラースの手紙を読まなくてはいけなかった。

自室に戻り、しばらく誰も近寄るなと言って人払いをすると、カーイはラースの手紙を取り出した。

アリアが何かと触っていたのか、年月に黄ばんだ封筒はかなりくたびれていた。

「僕が七つの時から……」

開いた便せんには色あせたインクの文字でそんな言葉が綴《つづ》られていた。

初めて逢《あ》った頃から、些細《ささい》なことでぶつかってケンカした時に、先に折れるのは必ずラースだった。

〝僕が七つの時から〟

――奴《ヤツ》の謝罪の言葉はいつもそこから始まった。

ラースがカーイに妥協《だきょう》や協力を求める時もそうだ。

微笑みながら、歌うようにいつも言っていた決まり文句。

まったくラースは卑怯《ひきょう》な奴だと思う。

それを言われたら、カーイが絶対に折れることを解っていて口にしていたのだから。


僕が七つの時から、一番頼りになる、一番自慢の、一番大切な、一番大好きな親友カーイ・ヤガミへ。

君がこの手紙を読んでいると言うことは、僕の企《たくら》みはどこかで破綻《はたん》したらしい。

その破綻ができるだけ遠い未来であってほしいと願いながら、僕はこの手紙を綴っている。

思い返せば、僕は最初から最期まで君に嘘を吐いていた。

ごめんね、カーイ。

謝って済む問題じゃないことは百も承知しているけれど、それでも、どうか謝らせてほしい。

ごめんね、カーイ。

初めて出逢った時、僕は狼の君を抱いて「温かい」と言ったよね。

でも、本当はあの時、君の体は氷のように冷たかったんだ。

雪の降る中、獲物を求めてずっと歩いてきたのだろう君は、冷たい雪にまみれていて、濡れた体の芯まで冷えきっていて、抱き締めた僕の腕が凍りつきそうなほど冷たかったんだ。

それにあの時、君はとてもお腹を空《す》かせていたと思う。僕の小さい体など、難なく一飲みできそうなほどに。

なのに君は……僕を食べなかった。

君はとても疲れていたし、凍《こご》えていたし、飢《う》えていたのに。

君は、僕を、食べなかった。

それどころか即座に僕の境遇《きょうぐう》を理解し、僕に同情し、僕の運命の理不尽さに怒り、躊躇《ちゅうちょ》なく僕の味方になることを決めてくれた。

僕の味方をしたって、君に何一つ得することなんてなかったのに。

僕が……僕が、どんなに嬉しかったか、君に解るだろうか。伝わるだろうか。

他人が己の都合より僕を優先してくれたのが、初めてだったんだ。本当に初めてだったんだ！

だから、君という存在は僕にとって温かかったんだよ。いつも。いつだって。

僕は君に逢うまで、世の中にこんなに温かなものが存在するとは思いもしなかった。

こんなに綺麗なものが存在するとは思いもしなかった。

僕にとって世界はいつも冷たく意地悪で、醜《みにく》くて。

僕はいつでも後回しにされ、邪険にされて、すべての人の一番後ろで生きていた。

え？

死んだ乳母《うば》は違うだろうって？

そうだね。彼女のおかげで僕が生き延び、君に逢えたのは間違いない。

でも、違うんだよ。

彼女は王室に強い忠義心を持っていた。

だから、第一王子が万一何かあった時のスペアとして、僕を育てていただけなんだ。

君に逢うまで、誰も僕のことを好きでもないし、大事にもしてくれなかった。

たまに離宮にやってくる野良犬や野良猫のほうが、僕よりずっと大事にされていたと思う。

でも、君に出逢えて、世界にはちゃんと綺麗なものや温かいものが僕にも用意されていたと知った。

君が僕にしてくれたこと。

君が僕に与えてくれたもの。

それに対して、僕は君に何ができただろう？

年下の君に甘えてばかりで、僕は君に何もできなかった。

……国王に即位して。

荒れた国土に〈祝福〉を与えることは、文字通り命を削《けず》る行為だった。

僕を否定し、ない者として振る舞ってきた臣下《しんか》や民に〈祝福〉を施《ほどこ》し、自分の寿命《じゅみょう》を縮めていくことは、なんて割に合わないことだろうと思った。

けれども君は、「あいつらを見返してやろう」と言ったよね。

「ラースがどんなに賢くて、優しくて、立派な王様なのか示してやろうぜ。歴史に残るような立派な王様になって、見返してやろうぜ」

と。

君は正しかった。

ミルナート王家を滅《ほろ》ぼす呪《のろ》われた子と言われた僕が、国を立て直さず、国王の役割を放棄《ほうき》したら、両親や兄がしたことが正しかったと示してしまう。

僕は絶対に立派な国王にならなければいけなかった。僕が、皆からいかに不当に扱《あつか》われたかを示すために。

ああ、でも、僕が死んだら、カーイ、君はどうなるだろうか。

君は、独りぼっちになってしまう。

僕にとって君は地母神様からの祝福そのものだったけれど、君にとって僕は本当に疫病神《やくびょうがみ》だったね。

僕に出逢わなければ、君はただの狼としてずっと森で自由に生きていられただろうに。

そう思うと、胸が激しく痛んだよ。

十年も僕のために人間として振る舞ってくれた君を、今さら狼に戻って森に帰ってくれなんて言えるわけがない。

でも、君をちゃんと理解してくれそうにもない〈貴族〉達の群れの中で、たった独りで生きていってくれとも言えるはずがない。

僕が死んだ後も、君を独りにしないためにどうしたらいいか。

その問いの答えはすぐに見つかった。

一日も早く結婚し、一日も早く子供をもうけよう。

僕はそう考えた。僕の子供が君の新しい家族になってくれるだろうと思ったんだ。

そして、きっとそれは間違ってなかったと思う。

そうだろう、カーイ？

セレー皇帝からアリアとの婚姻《こんいん》を打診され、セレーの皇宮で彼女に逢った時、彼女は泣きながらこの話を断ってくれと頼んできた。

自分は身も心も、従兄《いとこ》のグゥエンダルに捧《ささ》げている。今、子を孕《はら》んでさえいるからと。

それで僕はセレー皇帝が急いでこの話を取りまとめようとしている理由を察した。

彼女は愚《おろ》かにも、僕が断れば従兄と結婚できると思っていた。父であるセレー皇帝がそんな危険なことを許すはずもないのに。

グゥエンダルとアリアが正式に結婚すれば、生まれてくる子供は両親が共に前皇帝の孫というとてつもなく高貴な存在になる。

下手《へた》に優秀で〈魔力〉の強い子供が生まれたら、セレーで再び内乱が起こりかねない。

それを考えれば、アリアがグゥエンダルに嫁《とつ》げる確率は万に一つもなかった。

僕は彼女にそのことを説明し、それから、グゥエンダルを駐在大使として招こうと言った。

大っぴらにならないように注意してくれれば、彼との関係を続けてもかまわないと。

そうそう、その時のアリアのぎょっとした顔は見物《みもの》だったよ。何を言っているのかさっぱり解らないって顔をしていた。

僕の醜い顔を見ても少しも怯《おび》えた様子も厭《いと》うような様子も見せなかったのにね。

そうなんだ。カーイ。

僕が彼女を選んだのは、彼女が僕の醜さをまったく気にしなかったからなんだよ。

僕の醜い顔を厭わしく思う他の姫君や令嬢達には、君を受け入れることはできまい。

でも、僕の醜さを気にしなかった彼女なら、君がどんな姿でも、君を彼女や彼女の子供の家族にしてくれると思えたんだ。

彼女は生まれ持った障害故《ゆえ》に、家族から疎《うと》まれ、蔑《さげす》まれ、劣等感《れっとうかん》でいっぱいに育った。

そんな彼女なら、君が何者でも、君を彼女や彼女の子供の家族にしてくれると思えたんだよ。

もし、僕にもっと時間が残されていたら、僕は彼女とそれから彼女の子供、そして君と四人、きっと仲の良い家族になれたと思うんだ。


でも、僕の命数は、どんな奇跡をもってしても、あと半年がやっとだと主治医は言ったし、僕自身の感触としてもそうだった。

だから、僕は一生懸命考えたよ。何が、最善か。

遠からず僕は死ぬ。間違いなく死ぬ。

それができるだけ遠い日であってほしいと、君は願ってくれただろう。

僕もできるだけ長く君といたかったよ。

ただ、僕が長く生きれば生きた分だけ、アリアやグゥエンダルに僕の死後に対する準備期間を与えてしまう。

彼らが上手くミルナート国内で味方を増やせば、生まれてくる子が王になった時にアリアが摂政《せっしょう》になり、グゥエンダルがその補佐になるだろう。

そうなったら、なんだかんだ理由をつけて、セレー皇帝はミルナートを併呑《へいどん》するだろう。

そして、君はきっとグゥエンダルや〈貴族〉達から、邪魔者として追い払われるだろう。

僕は予言通り、ミルナートをセレーに売り渡し滅ぼした最後の王と呼ばれることになる……。


そんな未来のために、僕はアリアと結婚したんじゃない！

アリアの持参金で軍の装備を厚くし、君が、君一人が頑張らなくても、もっと海賊《かいぞく》や盗賊の討伐《とうばつ》ができるようにしようと思ったんだ。

少しでもこの国が潤《うるお》えば、僕が死んだ後、君が楽になれると思ったんだ。

何より君に家族を遺《のこ》したかったんだ。


もうすぐ僕は死ぬ。確実に死ぬ。死んでしまう。君を遺して。

僕にできることは、すでに子供を宿しているアリアを娶《めと》り、君にとって最善のタイミングで死ねるよう祈ることだけだった。


カーイ、君がこの手紙を読んでいるということは、僕の企みはとっくに破綻したのだろう。

けれど、だけど、どうか、信じて欲しい。

頼むから君が〈魔人〉であることを卑下しないで欲しい。

君が〈魔人〉だから、僕は死ぬんじゃないよ。

むしろ君がいなかったら、僕は七つのあの夜から遠からず凍死か餓死《がし》してたよ。

君が僕の命を十年も延ばしてくれたんだよ、カーイ。

本当に君には感謝しかない。


ああ、どうか、君がずっとずっと……生涯幸せでありますように。


「――」

ラースの手紙をぐしゃぐしゃに握り締めて、カーイは苦笑を零《こぼ》した。

苦笑。苦笑。苦笑。苦笑。苦笑！

苦笑が涙の粒《つぶ》のように絶え間なくこみ上げてくる。

もう、自分が笑っているのか、泣いているのか、カーイには解らなくなっていた。

⑤

「……知っていたのね」

カーイに手紙を渡し、その背を見送った母が、目に涙をいっぱい溜めてレナを振り返る。

「……カーイが」

レナは口を開く。

「教えてくれたの。お父様は……ラース前国王は、黒髪と黒い瞳の人だったって」

母がきょとんとした顔で瞬《しばた》いた。瞬いたために瞳から大粒の涙が零《こぼ》れ落《お》ちる。

「お母様も、絵を描いて下さったでしょう?」

黒い髪と黒い瞳の少年の横顔。

遺伝子に関することは〈大洪水〉以前の世界で深く研究されていたと聞く。

今の世界では、その頃の研究に遠く及ばないそうだが、親と子供が似るのが遺伝子の仕業《しわざ》だということくらいは解っている。

そして、金髪と紫の瞳の母と、黒髪と黒い瞳の男性との間に生まれる子供が金髪になる確率は、限りなく低いことも。

「黒い髪も黒い瞳も顕性《けんせい》遺伝子の仕業なの」

「レナ」

母はレナを抱き締めた。

「あたくし、難しいことはてんで解らないのよ、レナ」

「だから、顕性遺伝子というのは……」

「あたくし、難しいことはてんで解らないのよ、レナ」

そう母は泣き笑いの顔で繰り返して、告白した。

「あたくしねぇ、字が読めないの」


字が読めないのは、怠《なま》け者《もの》だったからじゃないのよと言われて、レナは頷いた。

識字障害者のことはレナも知っている。

しかし、セレー帝国では、少なくともセレーの帝室関係者には、母にそういう障害があることを誰も気づかなかったと言う。

気づいて貰《もら》えなくて帝室の鼻つまみ者になった母は、内乱の生き残りで、同じく厄介者のバンディ侯爵と傷を舐《な》め合《あ》うように親しくなり……。

「……ラース様は、あたくしのお腹の中にあなたがいることを知っていたの」

レナは心底吃驚《びっくり》した。

どうして吃驚せずにいられよう？

自分の本当の父親が誰なのか薄々気づいた時からずっと、ラース前国王はどこまで知っていて母と結婚したのだろうかと疑問に思ったのだ。

――まさか全部承知とは。

「凄《すご》く喜んでいたわ。自分が死ぬ前に確実にカーイに家族を遺《のこ》せると」

「……もしかして、ラース様はカーイに家族を遺すために、お母様と結婚されたの？」

「そうみたい」

衝撃である。

自分もカーイのことは好きで好きで好きだが！

このカーイを好きだという気持ちの量は、絶対に誰にも負けないと思っていたが！

なんだかラース前国王には、負けている気がする。

――いえ、確実に負けています。なんということでしょう！

他のことはともかく、カーイを好きだという気持ちに関してだけは、レナは世界で誰にも負けていないという自負があったのだ。

――カ、カーイにわたくしとラース様のどちらが好きか尋ねたら、絶対にラース様を選ぶだろうし……。

それは子供の頃からそうだと認識していたけれど、その分、自分のほうが絶対ラース前国王よりカーイのことを好きになって大事にするんだと決めていた。

——でも、今は負けてますわよね、わたくし。

しかし、ラース前国王は故人だ。

レナは生きている。

今から十年でも二十年でもカーイを好きで居続け、大事にできるのは自分だけだと思い直した。

「結婚式のあと、自分は体が弱くて、病を患《わずら》っていて長くはない。遺されるカーイを君と君の子供の家族にしてって、くどいほど言われたわ。——まさかその翌日に亡《な》くなるとは思わなかったけれど」

レナは一度母の顔を見て、それからそっと瞳を伏《ふ》せた。

——お母様やグゥエン伯父《おじ》様、セレーのお祖父《じい》様や伯父様方。

セレー帝国の誰かが、ラース前国王を暗殺したという噂《うわさ》は絶えなかった。

けれど、今の母の表情を見る限り、暗殺ではなかったようだ。

考えてみれば、婚礼の夜に暗殺とは、あまりにも外聞《がいぶん》が悪い。本気で暗殺を考えるなら、あと数ヵ月は待つはずだ。

——わたくし、カーイの親友の仇《かたき》の娘ではなかった……のよね?

長いことレナは、ラース前国王のことを父と呼んできた。どうやらそうではないらしいと気づいてからも。

――ずっとカーイは、わたくしが親友の忘れ形見だと信じていたから。

先刻のカーイの激しく冷たい怒りに満ちた背中が、胸に痛い。

〝自分達の感情に沿わない事実には目を瞑《つぶ》り、自分達に好ましい物語を創作して、真実のように語る人達というのは存外多いのです〟

ジェスがそう言った時、レナに振られたのは自分のせいではなく、レナの性的指向の問題だみたいなことを言った、気位の高すぎる外国の公爵のことを、皆、思い出して笑った。

――でも、わたくしとカーイも同じ。

カーイは親友が忘れ形見も残さず死んでいったことを認められなくて。

レナは、カーイの親友の娘ではなく、彼が嫌う二人の娘であることを認めたくなくて。

お互い、明らかな事実から目を逸《そ》らし、自分達に好ましい物語を創作して、真実だと語ってきた。

ただ、唯一の救いは、母達がカーイの親友の死に絡んでいないことだと思う。母の口ぶりからは嘘を吐いているようには聞こえない。母にそんな悪辣《あくらつ》なことができるとは思えないし、信じたい。

「あたくし、我が娘ながらあなたをすっごく尊敬しているのよねぇ～」

「え？」

唐突な話の転換に、レナは母の顔を見詰めた。

「――自分の父親が誰だか解った時、レナは絶対に無理だと思わなかった？」

「――」

――カーイを王配にするのは、絶対に無理だと思わなかったか？

レナは自問自答する。

――絶対に無理だとは、思いたくなかったわ、わたくし。

「絶対に無理。いつか全部がバレて絶対に嫌われる」

バレないようにって祈っても無駄でしょう、こういうの――と、すっかり諦《あきら》めた口調で母は言う。

「それが解っていたから、あたくしは努力ができなかった。それより、嫌われる努力をするほうが、あたくしには楽だったの」

ちょっとでも好かれているところから最悪に嫌われるのって、普通に嫌われている状態から最悪に嫌われるより、酷《ひど》いでしょう、と母は言う。

「……わたくしは心底嫌われるより、そこから一ミリでも二ミリでも好かれたいと思うけれど」

レナが反論すると、母は苦笑した。

好きの度合いをミリで表したのが間違いだったかしらと、レナが心配していると。

「だから、レナを尊敬しているのよ、あたくし」

そう言って、母は改めてレナを抱き締めた。

⚓

その夜、自室でレナは、大昔に母が描いてくれたカーイの親友ラース前国王の肖像画を眺めた。

この絵を見た瞬間泣き出しそうな顔をしたカーイは、次に怒った顔をして、母にツケツケとこう言ったのだ。

〝ラースは、自分の肖像を残すのを嫌がったのに〟

親友が残した言葉は何一つ、その通りにしようとしているカーイにとって、母がラース前国王の絵を描いたことは許せない事案だったらしい。

母とケンカして欲しくなくてレナがカーイに謝ると、カーイは失敗したと呟いた。

それからカーイはレナの足下に跪《ひざまず》いて、視線を合わせた。

〝レナが悪いんじゃない。レナがお父様の顔を知りたがるのは当然のことだ。だが、ラースは……レナのお父様は、自分の顔が好きじゃなかったんだよ。だから……もう、お母様にラースの顔を描かないように言ってくれ〟

そんなことがあったから、レナが持っているこのスケッチが、前ミルナート国王ラースの姿を描いた唯一のものだ。

今の自分とそう変わらない歳で亡《な》くなった少年の姿を、記憶だけで母は描き上げた。親友であったカーイが認めるほど、そっくりに。

だから、政略結婚とは言え、母は母なりに彼に愛情を持っていたのだと思う。

そうでなければ、何年も前に数えるほどしか会ったことのない人を、記憶だけを頼りに、写真に見まがうほど丁寧で細かくて、こんなに優しく素晴らしく絵には描けまい。

いつもレナはこの絵を見るたびにそう思っていた。

十七歳で亡くなった絵の中の少年は、何一つレナに似ていなかったけれど。

夜風に乗って、誰かの慟哭《どうこく》が聞こえる気がする。

「……ラース様、あなたは、わたくしがあなたに似ていないことを、少しでもカーイに気づかれないようにと気を遣《つか》っていらっしゃいました？」

絵も写真も何も残さないで欲しい。

そんなことを願った王は、歴史上、おそらく彼だけだ。

普通、国の通貨には王の肖像が彫刻されるもので、今のミルナートの金貨はレナの横顔が描かれている。

ラース前国王の治世は短かったから、彼の顔が描かれた通貨が発行されなかったのは解らなくもない。

だが、即位記念のコインですら発行しなかった王は彼くらいだ。

「……あなたは本当に本当にカーイの大親友だったのですね」

絵の中の少年は、少し微笑《ほほえ》んだように見えた。

6

「あの、レナ様」

翌朝、護衛任務につくなり、ジェスが小声で話しかけてきた。

「ジェス、あの、は使用禁止じゃなかったかしら？」

「失礼しました。……昨日、摂政《せっしょう》代行閣下《かっか》と何かありました？」

「……何かって？」

「摂政代行閣下が朝から目に見えて不機嫌です」

基本、文官モードの時のカーイは喜怒哀楽《きどあいらく》を表に出さない。

普通に仕事をしている姿を見てジェスがそう思うと言うのならば、取り繕《つくろ》えないほど相当に機嫌が悪いのだろう。

昨日の出来事を考えたら、カーイがどれくらい機嫌が悪くなるか、レナも想像がつく。

「それから、セレー大使館よりハバート様とバンディ大使が王宮から戻ってこないと問い合わせがあったのですが、閣下は知らんと言っとけと、投げやりで、官僚達も対応に苦慮《くりょ》していました」

「……そう」

レナの返事にジェスはさらに声を潜《ひそ》める。

「……私の他、昨日、閣下が大使とハバート様らしき者を担《かつ》いで地下牢《ろう》の方向に消えたのを何人も見ていまして」

レナは息を吐いた。

バンディ侯爵は実の父だが、叩けば埃《ほこり》が出まくる人なのでレナ的にどうでもいい。

だが、ハバートの扱《あつか》いについてはカーイと相談が必要だろう。

小国とは言え国主の甥《おい》だし、何よりハバートはレナが誰の娘か知っている。

公表されたくなければ王配にしろと脅《おど》しをかけてきたあたり、母の父、セレー皇帝も傾いた財政をいよいよどうにもできなくなってきたのかもしれない。

――わたくしが誰の娘か公表したら、わたくしよりセレー帝室のほうが非難囂々《ごうごう》でしょうに。レナが自分の意思で女王の座に昇ったのならともかく、赤子の時に周囲の大人達がレナを女王に据《す》えたのだ。

おまけにセレー帝室は母がレナを身ごもっていることを承知の上で、ミルナートに嫁《とつ》がせたことを公表することになる。

誰が見ても悪者はセレー帝室になるに決まっている。

それに、レナの伯父《おじ》、現在のセレー帝国の皇太子は良い噂《うわさ》をきかない。

両親双方が前皇帝の孫で、ミルナートの女王として実績を積んでいるレナのほうが、次の皇帝に相応《ふさわ》しいと言い出すものだって出かねない。

――そもそも、わたくしが血筋と〈魔力〉を盾《たて》にセレー皇位を求めたら、どう収集をつける気だったのかしら？

そんなことも祖父は解らなくなっているのかと思うと、自分の身内にまともな人が一人もいない気がして、胸が重くなる。

「今日の慈善バザーのあとで、カーイと話し合ってみます」

レナの言葉に、硬かったジェスの頰が緩《ゆる》んだので、残りの言葉は言いそびれた。

――カーイがわたくしと会うのを嫌がらなければ。

王都で一番大きな教会——王都大聖堂の前には、いつもの日曜日なら市が立つ大きな広場がある。

今日はその広場に、レナが刺繍《ししゅう》したり、ジェスが木工細工をしたりと、〈貴族〉や豪商の家族、学生などが手づくりした物品を並べるバザーのテントがいくつも並んだ。

大聖堂の真ん前には簡易的な舞台が作られ、聖歌隊が歌ったり、聖典の一部を劇として演じたりしている。

「レナ！」

ジェスや近衛《このえ》騎士、そして女王陛下を一目見んとする国民に遠巻きに囲まれながらバザーのテントを覗いていると、デヴィがスズを従え声をかけてきた。

ギアンやサマラ、それに彼らの護衛の者達も一緒である。

「今日は摂政代行閣下と一緒ではないのですか？」

「執務室で仕事をしているそうです」

レナが頑張って作り笑いを浮かべると、デヴィが軽く頰を叩いた。

「なんだか変だよ、レナ。閣下とケンカでもした？」

デヴィの言葉にレナよりジェスのほうがハッとしたようにこちらを見た。

ギアンやサマラも心配そうにレナを見る。

「ケンカ……のようなものを、したかもしれません……」

実際はケンカよりもっと酷《ひど》い。

「ま、まあ、レナがそこまで落ち込んでいる姿を見たら、閣下もすぐ仲直りしてくれると思うけどね」

「デヴィが言うほど……」

簡単じゃないのです——と、レナは言いかけて、口を噤《つぐ》んだ。

それを言えばどう簡単じゃないのかを言わないといけないことに気づいたのだ。

「——」

「大丈夫だよ」

そんなレナの様子をデヴィはどう見たのか。

「あ、あっちに閣下が作ったブローチがあったよ。レナ、買い占めるんじゃなかった？」

と、テントの並ぶ通りの一画を指さした。

「買い占めません！　……一つは買いますけど」

そうレナが言うと、周囲がクスクスと笑った。皆の目に安堵《あんど》の色が浮かんでいるのを見て、レナは反省する。

――皆に心配かけるなんて、カーイに約束した〈立派な女王様〉じゃないわ。

親友の娘でないだけでもカーイにとってはやりきれないほどショックだろうに、さらにレナが〈立派な女王様〉にならなかったら、カーイはもっとつらい気持ちになると思う。

――わたくし、今まで以上に〈立派な女王様〉になるための努力をしないと。

そう思って気を引き締めた時、レナは強い視線を感じた。

振り返ると人混みの中で、やたら恰幅《かっぷく》のいい老人に病的なほど眼光鋭い細身の老人、そして真《ま》っ直《す》ぐな黒髪の綺麗な女の子の三人組が、こちらをなぜか睨《にら》んでいた。

三人が揃《そろ》って着ている、白い立《た》て襟《えり》のワンピースのような足首までの裾長《すそなが》の服は、教父や教母、その見習いが身に付ける物だ。

しかし、今まで教会や大聖堂でこんなに目立つ三人組をレナは見たことがない。

――あ。

レナと目が合った途端、彼女達は身を翻《ひるがえ》し、色とりどりに並んだバザーのテントの向こうに消えた。

――何だったのかしら？

「陛下」

そこへ今度はレナがよく知っている大聖堂の教母から声をかけられた。

レナや学友達に聖典を教える係の女性で、とても信仰深く真面目《まじめ》な初老の教母だ。

「キナミ教会長様が、よろしければ陛下に舞台から挨拶《あいさつ》をして頂《いただ》きたいと」

「ええ」

レナが頷くと、彼女はデヴィ達の方に視線を向けた。

「デヴィ殿下やギアン殿下にも一言ご挨拶を頂戴《ちょうだい》できればと、キナミ教会長様が仰《おお》せです」

突然の話にデヴィ達は顔を見合わせる。

「デヴィ、ギアン、お願いできるかしら？」

教母がレナに視線を送ったので、レナも空気を読んで二人に頼んだ。

ミルナートの王都は諸外国から人が集まる大都市だ。ナナンやトレオの人間も少なくない。自国の女王だけでなく、東西の大国の〈王族〉が舞台に上がれば、慈善バザーもより盛り上がるだろう。

キナミ教会長や教会関係者はそんなことを考えたのだと思う。

「いいだろう」

「そうだね」

レナの言葉に、ギアンもデヴィも快く頷く。

教母に先導され、護衛の者達を引き連れぞろぞろと舞台袖《そで》まで移動する。

それから、レナやギアン達の護衛の者は短い話し合いをして、舞台の前後に散った。

不用意に誰かが舞台に近づかないようにするためだ。彼らがそれぞれ適切と思われる位置に立ったのを確認して、レナとデヴィ、ギアンは舞台に上る。

サマラは、まだこういうことに慣れていないと遠慮《えんりょ》し、ジェスと共に舞台下にいる。

今日のために木材で組み立てられた舞台は、思ったより高い。

キナミ教会長の挨拶に続いて、舞台の中央に立った時、レナは先ほど彼女を睨みつけていた少女を見つけた。やっぱりレナを睨みつけている。見ていると少女達は共に舞台の真っ正面に出てきた。

「ルゥルゥ……⁉　それにファヴァース教会長まで⁉」

「ヘイマー教会長……！」

レナの隣でデヴィとギアンがそれぞれ息を飲んだ。

――ルゥルゥってデヴィを振った女の子で、ヘイマー教会長は、トレオの法王様じゃなかったかしら。

ファヴァース教会長の名は知らなかったが、デヴィが反応したからにはナナンの教会関係者だろう。

それぞれミルナートから遠く西と東の外国にいるはずの三人が、なぜここにいるのだろうか。

「レナ女王陛下、拙《せつ》はトレオの法王を務めますヘイマーと申します」

「拙はナナンの法王を務めますファヴァースと申します。こちらは我が教会の教母見習いです。お目汚しを失礼いたします」

細身で眼光鋭い老人と、やたら恰幅のいい老人が並んで挨拶をする。

その傍《かたわ》らで、教母見習いの少女が無言で頭を下げた。

「我々は告発に参りました」

「告発……？」

レナは首を傾《かし》げる。

「ヘイマー殿、このような場で」

「いいえ、キナミ殿。あなたはぬるい！　ミルナートの女王陛下、ひいてはミルナート王国に災害を呼び込むおつもりか！」

ヘイマーの言葉に、慈善バザーに集まっていた人々は、ざわついた。

「災害？」

「災害だって？」

「災害を呼び込む？」

小さなささやきが、どんどん大きくなる。

よく見れば集団の中に白い教父や教母の姿が見える。

「告発とはなんですか？」

「災害を呼び込むってどういうことですか？」

「なんかまずいことが起こっているんですか？」

教母見習いの少女はともかく、ナナンとトレオの法王などという遠い外国の高位の聖職者達が、わざわざミルナートまでやってきて女王に告発するとはどういうことだと、人々は不安そうに声を掛け合い、ヘイマー達を見る。

「ミルナート女王レナ様、あなたは、あなたの隣に立つ者が、〈魔人〉であることをご存じですか？」

ファヴァースの声は、オペラ歌手のようによく響いた。

「レナ女王陛下、あなたはそこの大男が、〈魔人〉であることをご存じか？」

細身の老人であるはずのヘイマーの声は、さらに強く激しく響いた。

「〈魔人〉！」

「〈魔人〉だって？」

「いや、だって陛下の隣にいるのは、ナナンの王子様では？」

「あそこにいる大きな男性は、トレオの王太弟殿下だろ？」

恐れ、怯《おび》え、それから、疑問の声が人々の間からさざ波のように沸《わ》き起《お》こる。

突拍子もない話に信じていいか悪いか決めかねている。

レナは二人を振り返った。

――二人が〈魔人〉だからって、なんだと言うの？

そう言ってやりたい。

だが、彼らが〈魔人〉であることは、レナの秘密ではなく、それぞれの秘密であり、ナナン王国と東方諸島連合王国の秘密だ。

デヴィとギアンも咄嗟《とっさ》にどう判断すべきか迷っているような顔をしている。

馬鹿馬鹿しいと切り捨て、ごまかせばいいのか。

今、この場で真実を告げるべきなのか。

「――デヴィ殿下はナナンの王子であり、ギアン殿下はトレオの王太弟ですわ」

レナはことさら鷹揚《おうよう》に微笑《ほほえ》んだ。

真実も言わないが、嘘も言わない。

「陛下は騙《だま》されておいでです。端女《はしため》は、デヴィ殿下が大きな猫の姿に変わるのを見ました」

キッと、鋭い視線を教母見習いの少女がレナに向ける。

「……ルゥルゥ……」

デヴィが小さな小さな声で呟く。

デヴィは彼女のことが本当に大好きで、真剣に結婚も考えていた。だから、自分の本当の姿を見せた。

――物凄《ものすご》い真面目な教母見習いだったから、〈魔人〉のデヴィを受け入れられなかったと聞いたけれど、わざわざミルナートまできてこんな風に告発するなんて……！

「そう、拙も見ました。何を隠そう、ギアンは我が娘が産み落とした魔物です。国王に見初《みそ》められ後宮に上がった我が娘は、可哀想《かわいそう》に王の寵愛《ちょうあい》を受けたことを妬《ねた》まれ、誰かに魔物を生む呪《のろ》いを受けたのでしょう。ギアンを孕《はら》んでいる時に、最愛の王を亡くしました。ギアンのような魔物を生んだことに怯え、後宮から逃げ出した娘に、人々はつらくあたり、娘は間もなく胸を患《わずら》って死にました。ギアンのせいです」

ギラギラと憎《にく》しみの籠《こ》もった目でヘイマーは舞台上のギアンを見る。

舞台下でサマラが顔色を変えているのが目に入る。

「娘はこの魔物に殺されたのです、陛下!」

「三年前、ナナンで大きな嵐があり、川が氾濫《はんらん》し、橋や建物が流され、大勢の人々が亡くなりました。この教母見習いの少女の両親も亡くなりました。そこの〈魔人〉が嵐を呼んだに違いないのです!」

ヘイマーの叫びに、ファヴァースが同調するように言葉を紡《つむ》ぐ。さらにルゥルゥがレナやデヴィ達を睨みつけたまま、強く頷く。

——そんな馬鹿なことを。

よしんばデヴィに嵐を呼ぶ魔力があったとしても、デヴィがそんなことをするわけがない。

——デヴィは見た目は派手だけど、根は真面目で優しいんだから!

ルゥルゥは付き合っていたのに、デヴィの良いところに一つも気づかなかったのだろうか。

「トレオが貧しいのは、ギアンのせいです。ギアンがトレオの土地を呪い、ゼアンカ女王陛下や〈貴族〉方の〈祝福〉を台無しにしているのです！」

「ゼアンカ女王陛下は」

レナは抗弁を試みた。

「〈魔人〉をこのままにしておけば、騙されておいでです！」

「ゼアンカ女王陛下は、ミルナートとて、嵐に飲み込まれ、陛下の〈祝福〉は土地に届かず、貧しくなるでしょう」

ヘイマーが断言し、ファヴァースが予言めいたことを言った途端。

「〈魔人〉をこのままにしておくな！」

「〈魔人〉を追い出せ！」

「いいや、殺せ！」

「〈魔人〉は殺せ！」

ヘイマー達の仲間の教父教母達が人々の間で、恐ろしいヤジを飛ばし、その恐怖が人々に伝《でん》播《ぱ》していくのが、舞台の上からレナにも見て取れた。

舞台下を覗けば、ジェスとスズ、それにサマラは別として、他の者達は恐ろしげにデヴィ達を見上げている。

このままでは護衛の騎士達も暴徒と化して、デヴィ達を襲いかねない……。

「女王陛下の御前《ごぜん》で、何を騒いでいる！」

心臓が縮《ちぢ》み上《あ》がるような鋭い一喝《いっかつ》に、騒いでいた人々は固まった。

「カーイ！」

レナの有能な黒衣の摂政代行閣下が、大股《おおまた》で舞台に近づいてくる。

「カーイ様だ」

「摂政代行閣下だ」

ミルナートでは軍神の名をほしいままにしているカーイだが、ジェスの言うとおり今日のカーイは不機嫌オーラ全開だ。

うっかり触れれば腰の飾り刀で殴り倒されそうな雰囲気に満ちている。

そのせいか、カーイの歩みに従って人混みが割れていき、道ができる。

舞台には上がらずレナの真下で止まると、カーイはくるりとレナに背を向けた。

「貴殿らは、どのようなご用件で我が女王陛下のお膝元までやってこられたのでしょうか。いや、どのような用件であろうとも、我が国の賓客《ひんきゃく》について告発をしたければ、まずは摂政代行たる私に話を通して頂くのが筋というものでは？」

慇懃《いんぎん》無礼の見本のような口調で、カーイが三人と、その背後の人混みの中で煽動者《せんどうしゃ》となっている教会関係者に言う。

自分達の主張ではなくやり方に水を差された二つの国の法王達は、やや鼻白《はなじろ》んだ表情でカーイを見返す。

「……そ、そうは仰《おっしゃ》るが、摂政代行閣下。拙は貴国を災《わざわ》いから守らんとして参ったのです」

「偉大なる摂政代行閣下、拙も閣下が身を粉《こ》にして守ってこられたこの豊かで美しい国から、一刻も早く、災いを遠ざけようとしただけで」

ファヴァースとヘイマーがそれぞれ言い、ルゥルゥがその横で頷く。

「災い？」

短い言葉でカーイが聞き返すと、三人は一様に頷いた。

「貴国に滞在しているナナン王国のデヴィ王子は、〈魔人〉です。端女は彼が大きな猫の姿になるのを見ました」

「拙がこの者の証言を得て、ナナン国王陛下に問いただそうと何度も試みましたが、陛下は話を聞いてくれず、そうこうしているうちに貴国へデヴィ王子を出されたのです。ナナンから〈魔人〉はいなくなりましたが、貴国に災いをもたらす前に排除するのが、真実を知った拙の教父としての勤めです」

恰幅のいいファヴァースは一見人が好《よ》さそうな好好爺《こうこうや》に見える。

彼は実際人が好いのだろう。目の前から問題の人物が消えたのだから、外国まで追いかけてくる必要はなかったはずだ。

——人は己が正義側にあると思えばどんな残酷なことでもできると、昔、カーイが言ったことがあったけれど、カーイは前にもこんな場面に出逢ったのかしら？

ミルナートに災いが起きては大変だから善意でやってきたのだと胸を張られても、レナ達は非常に困る。

「同じく、トレオの王太弟を名乗るギアンは、鳥の姿を持って生まれた〈魔人〉です。貴国に災いが起こる前に一刻も早く、ギアンを排除すべきです」

「〈魔人〉は災いか？」

カーイが問いを重ねれば、外国の法王達は争うように説明を始めた。

「閣下は聖典をお読みになっていないのですか？　聖典には、〈魔人〉が呪われた魔物で、人々に不幸をもたらすとの記載がございます。実際三年前の大嵐で、ナナンでは大勢の者が亡くなりました」

「トレオも酷いものです。ゼアンカ女王陛下の〈祝福〉をもってしても、土地は貧しく、民は貧困に喘《あえ》いでいます」

「……嵐は、どこの国にもこよう。また、農業は〈祝福〉だけですべての問題が解決するものでもない」

　カーイの切り返しに、ファヴァースは深い溜息を吐いた。

「閣下のお膝元であるミルナートで、嵐による大規模な被害があったと、この二十年、聞いたことがありません」

「ミルナートは他のどの国よりも〈王族〉が少ないのに、実り豊かではありませんか」

「今までミルナートには〈魔人〉がいなかったから、大きな災害もなく、美しく豊かな国になったのですよ。それをギアンのために台無しにして良いとお思いか？　一刻も早くギアンをこの世界から排除しなければならないのです。そうすれば、トレオをこのミルナートのような豊かで、幸せな国に――、閣下？」

　カーイは笑っていた。

　おかしくてしかたないというように、大きな声をあげて。

　まるでレナが小さくて、彼が平民時代に近かった少年の頃のように。

「何がおかしいのですか、閣下！」

「――ミルナートにも〈魔人〉はいる」


　突如《とつじょ》として現れた、大きくて黒くて、そして吃驚《びっくり》するほど美しい狼《おおかみ》に、人々は固まり、ただただポカンと狼を見上げた。

レナからはカーイの後ろ姿しか見えなかったが、どうやら犬が前肢《ぜんし》を揃《そろ》えて後ろ足だけで座った時のような格好をして、人々を睥睨《へいげい》しているようだ。

間近に現れた狼のカーイに、ファヴァースは腰が抜けたように地面に尻餅《しりもち》をついている。

ヘイマーもルゥルゥもへなへなと膝から地面に崩れた。

「――さて、お前達が言う美しくて豊かで災害のないこの国にも〈魔人〉がいたことを、お前達はどう説明する？」

今まで説得していた摂政代行閣下の声で話し出した狼に、ヘイマー達は目を見開き、ガタガタと震えた。

「せ、せ、せ、摂政代行閣下……？」

「いかにも」

カーイはそう言って、空を見上げて笑うように一つ吠《ほ》えた。

「〈魔人〉が災いを呼ぶというのならば、さて、この国で三十年以上過ごした私は、どれほどの災いをこの国に引き寄せたと言うのだ？　今のこの国が大きな災害もなく、美しく豊かな国だと言ったその口で？」

誰も何も言えない。

今から二十年ほど前のミルナートは、荒れに荒れていた。

海賊や盗賊が跋扈《ばっこ》し、外国からの船が港にやってくることはない。疫病《えきびょう》が流行《はや》り、〈王族〉や〈貴族〉は次々に死に、土地は貧しく、人々はいつも飢《う》えていた。そんな荒れた国土をなんとか立て直そうと努力したのが前国王とその友人のカーイで、前国王の死後、彼の遺児《いじ》を守《も》り立《た》てたカーイによって国は復興《ふっこう》した。

国が貧しかった頃、国が豊かになっていった過程を、この場の多くの大人達が記憶していた。

「ええ、カーイ。あなたは災いではなく、祝福だったわ」

誰もが言葉を失い静まり返った中で、レナの声はよく響いた。

綺麗な黒い毛並みに覆《おお》われた耳がピクンと動き、微《かす》かにこちらを向いたのを見て、レナは一生懸命微笑《ほほえ》んだ。

どんな時でも、胸の内を隠して〈立派な女王様〉は優雅に微笑んでいなければいけない。

――特に、今は。

皆に見せつけなくてはいけない。

レナがどれほどカーイのことを信用し、信頼し、好きでいるか。

「カーイはいつもミルナートとわたくしのために、できることはなんでもしてくれたわ」

満月が二つ並んだような金色の双瞳がレナを捉《とら》える。

「じょ、女王陛下……！」

「陛下っ⁉」

人々がざわめく中、レナはカーイの狼の肩あたりを狙《ねら》って舞台から飛び移った。

器用にカーイが左脚を曲げてレナを座らせてくれた。

ギュッと一度レナは両腕でカーイの大きな狼の首を抱き締めた。まるで、守るかのように。

⑦

主《あるじ》であり友人でもあるレナ女王陛下の護衛としてついてきて、舞台下でことの成り行きをハラハラしながらジェスは見守っていた。

群衆が暴徒と化す可能性があると見てとり、デヴィ王子殿下の護衛官であるスズや、ギアン王太弟殿下の副官でもあるサマラと共にとりあえず目立たぬよう舞台の前の方に移動していた。

そこへカーイ・ヤガミ摂政《せっしょう》代行閣下《かっか》がやってきたのだ。

ジェスは、上司である摂政代行閣下が現れた時、心底ホッとした。

どんなトラブルに対しても、彼は万能に近い処理能力を示すからだ。

――しかし、まさか狼《おおかみ》の姿を晒《さら》されるとは思わなかった……！

ジェスも二年ほど前、一度だけ見たことがあった。

その時の記憶より、今目の前にいる狼はさらに黒く巨大な気がする。

群衆の中には、腰を抜かし、震えている者達も大勢いた。その気持ちはよく解る。

それほど、摂政代行閣下の姿は大きく、前肢《ぜんし》一本で人を踏み潰《つぶ》せそうだったし、牙《きば》や爪は鋭かった。

だが、ジェスの女王陛下は、なんの躊躇《ためら》いもなく、巨大な狼に姿を変えた摂政代行閣下に微笑《ほほえ》みかけ、あっと思った時には、その腕の中に収まった。

――レナ様……！

真っ黒な狼の鋭い牙の並んだ口のすぐ傍《そば》に、女王陛下の金色の頭があった。

鋭い爪を持つ四肢。その一本の上に難なく腰掛けた女王陛下は、妖精か天使のように愛らしく微笑んでいる。

巨大な狼を恐れる様子など欠片《かけら》もなく、親しげにその艶々《つやつや》した黒い毛の口元に頭を寄せる。華奢《きゃしゃ》な腕で狼の首を抱き締めさえした。

混乱した顔で、皆が、女王陛下と狼姿の摂政代行閣下を見上げている。

王宮内ではどうか知らないが、摂政代行閣下は国民の人気者だ。ミルナートが貧しかった時代、盗賊《とうぞく》や海賊が跋扈《ばっこ》していた時代を知る者はまだまだ多い。

〈魔人〉は恐ろしいし、目の前の狼は恐怖の塊《かたまり》のようであったろう。

それでも、摂政代行閣下だと言われると、声高に糾弾《きゅうだん》しにくい。

そんな人々の戸惑《とまど》いがジェスにも伝わってくる。

それに、女王陛下が寄り添うように、狼の前肢に腰掛けている。

ミルナートが底辺から立ち上がり、成長していくのを体現するように大きくなって、美少女から美女に脱皮しようとしている可憐《かれん》な女王陛下が国民から愛されていることも言うまでもない。

その女王陛下が〈魔人〉の傍《かたわ》らで輝くような微笑みを浮かべているのだ。

（……摂政代行閣下が、〈魔人〉……？）

〈魔人〉って、悪者じゃなかったのか……？）

（でも、摂政代行閣下は……）

（女王陛下はぜんぜん驚いていらっしゃらない……）

（どういうことだ？　陛下はずっと代行閣下が〈魔人〉であることを知っていた……？）

人々がザワザワと思い思いの疑問を呟く。

いつ狼の牙に噛《か》み砕《くだ》かれてもおかしくないような近い距離で、毅然《きぜん》と背筋を伸ばした女王陛下は、群衆に問うた。

「カーイ・ヤガミが摂政代行になってから……いいえ、ラース前国王陛下の即位に伴《ともな》い、王宮に入ってから、彼が我が国にどんな災いをもたらしたか、告発できる者は前に出てきなさい」

女王陛下の命令に、皆がオロオロとお互いの顔を見合う。

トレオのヘイマー教会長は忌々《いまいま》しげにミルナートの女王とその摂政代行である黒狼《こくろう》を見、彼の後ろの舞台に立つギアンを睨《にら》みつける。

しかし、ミルナートの女王に反論する言葉が見つからないようである。

ナナンのファヴァース教会長は、ただただことの成り行きに驚き、戦《おのの》き、泡を食っている。

デヴィ王子殿下の元カノである教母見習いの少女は、信じられないものを見たかのような顔で握り締めた両拳を地面に置いたまま、女王陛下と摂政代行閣下を見上げている。

「レナ女王陛下」

人混みをかき分け、立派な体格の男が出てきて、跪《ひざまず》いた。

「大兄上！」

すぐにデヴィ殿下が舞台の上から声をかけた。デヴィ殿下の十二人いる兄上の一人らしい。

「ナナン国王の息子にして、そちらにいるデヴィ・ナナンの兄エディ・ナナンです。お久しぶりに存じます」

「ごきげんよう、エディ殿下」

まるでそこが王宮の大広間の玉座であるかのように、狼の前肢の上でレナ女王陛下が振る舞われたので、ジェスは感嘆した。

「わたくしの摂政代行を、告発されますか？」

「とんでもないことです、陛下」

女王陛下の問いかけに、エディ殿下は即座に首を振った。

「ナナン国王の代理として、我が国の教会の者達が貴国にこのような騒ぎを起こしたことをお詫《わ》び申し上げるために出てきました。彼らの行動を察していながら、船が遅れ、一歩及ばなかったことを女王陛下と摂政代行閣下にお詫び申し上げます」

狼姿の摂政代行閣下に対し、まるで普通の人の姿をしているかのように振る舞うエディ殿下の言葉に、また場がざわつく。

「大兄上」

舞台上からデヴィ殿下がエディ殿下を呼ぶ。

「ああ」

それだけで兄弟の会話は終わり、デヴィ殿下はポンと、舞台から飛び降りたかと思ったら、摂政代行閣下の隣に巨大な猫として並んだ。

赤金と青銀の錆柄《さびがら》模様の綺麗な猫だ。猫と呼ぶにはあまりに大きいが。

「わたし、ナナン現国王の第十王子エディ・ナナンは証言しよう。デヴィが生まれる前から、我が国は数年に一度は人々が犠牲になるような、大きな嵐があったと」

そう言ってエディ殿下は弟殿下の柔《やわ》らかな毛並みを愛《いと》おしげに撫《な》でる。

「先ほどの摂政代行閣下の言葉は、わたしにも父王にも耳が痛い。嵐はどこの国にも来る。このミルナートでも大きな嵐は年に数度来ている。それでもナナンのように酷《ひど》い被害が出ないのは、摂政代行閣下がきちんと治水事業をされているからだ。我々はもっと治水の術を学ばなければならない」

そう言って、エディ殿下は改めてファヴァース教会長を見据《みす》える。微笑んでいるが、恐ろしく威圧的《いあってき》な表情で。

「ただ、それだけのことだと思わぬか、ファヴァース教会長殿？」

「……で、殿下……、し、し、しかし」

「ファヴァース教会長殿、では、そなたはデヴィが生まれる前のナナンには、嵐がなかったと申すか？」

「――」

ファヴァース教会長は言葉をなくす。

西方海域に位置するナナンは、被害の差はあれ、建国から何百年も、毎年多数の嵐に見舞われ続けている国だ。言い返しようもない。

「ナナン国王一家はわたしも父も、皆、デヴィを愛している。デヴィがこのような姿で生まれた時、我々はただ可愛《かわい》いと思ったし、デヴィが我々に幸福をもたらしたことこそあれ、不幸をもたらしたことはない」

「ええ、そうですわ」

「そうです！」

エディ殿下の力強い言葉に、女王陛下とサマラが大きく頷く。

サマラは、舞台に近い場所で膝から崩れ落ちながら、まだ狂信者の目をしているヘイマー教会長の前まで歩み出た。

「ヘイマー教会長様、自分と父はギアン殿下の養育を任され、ギアン殿下と共に二十年以上歩んで参りました。自分も父もギアン殿下から幸せを頂《いただ》いたことはあれど、いかなる災いもたらされたことなどございません！」

「――さよう」

ギアン殿下が頷いた次の瞬間、殿下が巨大な隼《はやぶさ》となったため、ジェスは息を飲んだ。

エディ殿下やデヴィ殿下も驚いたように体が揺れた。

動じないのは女王陛下と摂政代行閣下ばかりだ。

隼となったギアン殿下は威嚇《いかく》するように一度大きな翼を広げると、摂政代行閣下の隣に降り立つ。

サマラが恐れた様子もなくその隼の殿下の傍らに寄り添った。

「ヘイマー教会長。そなたの娘、自分の母は、自分の姿に恐れおののき、前国王の喪《も》が明けぬうちに男を作って、後宮を逃げ出した。いかなる事情があろうとも、前国王への礼を著《いちじる》しく欠いた者が、周囲に冷淡に扱《あつか》われるのは仕方のないことだ」

「――」

ヘイマー教会長がギッと音が鳴るほど歯を噛み締める。

「――わたくしは」

相変わらず巨大な狼の前肢が玉座であるかのように座ったジェスの女王陛下が、ゆっくりと広場の人々を見回して口を開いた。

「わたくしは、カーイに育てられ、デヴィ王子やギアン王太弟を親しい友人としました。〈魔人〉であろうと、彼らは素晴らしい者達です。わたくしの自慢の摂政代行であり、友人ですわ」

左手に赤金と青銀の錆柄模様の大きな猫と、大男のエディ王子殿下。

右手に黒と銀の羽毛に覆われた大きな隼と、凜《りん》と姿勢を正した伯爵令嬢サマラ。

中央の巨大な黒狼には光に包まれているかのような金の髪を背に垂らした女王陛下。

彼らの姿があまりに神々しくて、まるで古い古い神話のようだと、ジェスは思った。


「──仰《おっしゃ》る通りかと存じます、女王陛下」

静まり返った群衆を前に、キナミ教会長は静かに舞台を降り、摂政代行閣下の前までわざわざ歩み寄ると、地面にひれ伏した。

「キ、キナミ殿、〈魔人〉相手に何を……？」

ぎょっとした声をあげたのは、ヘイマー教会長だ。

キナミ教会長はいつもの温厚な人物とは思えぬほど冷たい視線で、地面に崩れたままのヘイマー教会長を見た。

「我が国の女王陛下と摂政代行閣下、それに陛下のご友人方に礼を尽くすのは、ミルナート国民の一人として当然のことです」

そう言うと、キナミ教会長は立ち上がり、人々を振り返った。

「……皆さん、一つ、昔話をしましょう。〈大洪水〉の直後のことです。それまであった国々は崩壊し、どこもかしこも荒れ、文明は衰退《すいたい》し……人々は定住して土地を耕《たがや》す者と、土地から土地へ移動し、そのときそのときの木々の実りを採取し、獣《けもの》を狩る放浪者達とに分かれました」

――キナミ教会長……？

ジェスが知っている歴史とキナミ教会長が語る歴史は少し違う。

「定住者達の中に、土地を豊かにしたり、水や風などを操ってより便利に農作業が行える〈魔力〉を使える者達が生まれるようになりました。放浪者達の中に、より効率よく狩りができるよう獣の姿になることができる者達が生まれるようになりました」

「……」

「そのうち定住者達と放浪者達は争うようになりました。だんだん定住者達の力が強くなり、放浪者達の数は減り……、最後に放浪者達は定住者達とすっかり同化し、彼らはいなくなりました」

「……そ、それは、なんの話だ？」

どこか怯《おび》えたような顔でヘイマー教会長がキナミ教会長に問う。

「この世界の歴史です」

毅然《きぜん》とした口調で、キナミ教会長は答える。

「〈地母神教〉は定住者達から生まれた宗教です。だから、敵対者だった放浪者の〈王族〉や〈貴族〉を〈魔物〉と呼び、悪く書いた。――それだけのことだったのです」

「そんな……！　それが本当だって、誰が証明できるんです？」

教母見習いの少女が、泣きそうな顔で言った。彼女はどうしても、己《おのれ》が間違っていることを認めきれないようだ。

キナミ教会長は、年若い少女を痛ましげに見、それから視線を群集に向けた。

「……もう三十年以上、昔の話です。私はとある〈貴族〉の跡取りでした。平民の少女に恋をし、両親や親戚《しんせき》達を長い間説得して、ようやく彼女と結婚しました。その妻に初めての子供ができ、幸せの絶頂にいました」

突然、キナミ教会長は話を変えた。

「けれども、生まれた子供は〈魔人〉でした。私はパニックに陥《おちい》りました。家族や親族一同から長いこと反対されて、やっと結婚した妻です。この〈魔人〉をどうにかしなければ、妻も自分が継ぐべき家も財産もすべてを失うと思い、泣き叫ぶ妻から赤子を奪い、馬を走らせ遠い遠い遠いところの森に捨てたのです」

話をしているキナミ教会長は、ほんの数分でどっと老け込んだように見えた。曇り空の向こうを見上げて、話を続ける。

「三日後、赤子を捨てて家へ帰ってきた私が見たものは、首を括《くく》って死んでいる妻の姿でした」

「!」

ジェスも他の者達も息を飲み、たった今妻を亡くしたばかりの者のように深い皺《しわ》の刻まれたキナミ教会長の顔を見た。

「妻にはたとえ〈魔人〉であろうと、可愛い我が子だったのです。どうして、私はその気持ちに添えなかったのでしょう? 聖典に〈魔人〉は悪い者だと書いてあったからです。だから、私は正しい。正しかったはずだと毎日のように思い……、それでも瞼《まぶた》の裏に首を括った妻の姿が焼き付いているのです。それゆえ、私は己の正しさを証明するために、教会に入り、狂ったように聖典と歴史を勉強し、古い聖典があると聞けば、どんな遠くへでも旅しました。〈魔人〉は悪者だ、悪だと、それを証明しようとして……」

そして、キナミ教会長は、定住者と放浪者の争いの歴史とその歴史の中で編まれた〈地母神教〉の聖典の真実を見つけ出したのだと言う。

「あなたのご両親が亡くなったのは、デヴィ殿下のせいではないのです」

きっぱりとキナミ教会長に断言されて、とうとう教母見習いの少女は石畳《いしだたみ》の地面の上で泣き出した。

彼女のように年若い教母見習いは、だいたい教会の庇護《ひご》に入るしかなかった孤児が多い。

天災で家族を亡くした彼女は、それを誰かのせいにせずにはいられなかっただろうし、デヴィ殿下が〈魔人〉と知った時、彼のせいにしてしまったことを、別れてから後悔したのかもしれない。

そして、後悔したからこそ、〈魔人〉を批判し、糾弾《きゅうだん》したのかもしれないと、ジェスは思った。

——キナミ教会長が、そうであったように。

「ヘイマー殿、あなたの娘御《ご》が亡くなったのも、ギアン殿下のせいではありません。ギアン殿下は憎《にく》むべき相手ではなく、あなたが愛すべき孫です。彼が妻を娶《めと》り、いずれあなたにひ孫をもたらすことを喜ぶべきでしょう」

長い年月、頑《かたく》なにギアン王太弟殿下を憎み続けてきたヘイマー教会長も、遂に折れたようだ。

憎しみでギラギラしていた瞳から、光が消える。

人々の中に紛《まぎ》れて、扇動《せんどう》していたヘイマー教会長の仲間達も、皆、悪い夢から覚めたような呆然《ぼうぜん》とした顔で膝から崩れている。

——どうやら騒動は鎮火《ちんか》したようだ。

ジェスがホッとしていると、その視界の端で、摂政代行閣下が女王陛下を己の腕から下ろされているのが目に入った。

「……カーイ」

女王陛下がいつものように閣下の名前を呼ばれる。

狼の耳がピクリと動き、ゆっくりと首が動く。満月が二つ並んだような金色の双瞳が女王陛下を捉《とら》える。

ジェスがそっと二人の様子をうかがっていると。

──そう言えば、理由は解らないが、昨日から閣下も陛下も何かおかしかった。

「……ごめんなさい」

女王陛下は先ほどまでの威厳溢《いげんあふ》れる女神のような表情から、今にも泣き出しそうな少女の顔になって俯《うつむ》き、謝罪の言葉を口にされる。

ジェスは陛下がなぜ閣下に謝っているのか解らない。閣下もそうだったようで。

「何を謝っている？」

「わたくし……」

問われて、陛下は何か言いかけ、言葉を飲み込まれた。

視線がくるりと宙を泳ぎ、ジェスに対して助けを求めるような顔を一瞬向けて、改めて、狼姿の閣下に頭を下げられる。

「……わたくし、カーイの期待通りの者じゃなくて、ごめんなさい」

──期待通りの者ではないとは？

ジェスには意味が解らない。

ジェスの大事な女王陛下は、摂政代行閣下自慢の女王様だ。

天使か妖精か。

そんな可憐《かれん》な容姿だけでも愛される理由になるだろうに、女王陛下はいつも己を厳しく律《りっ》し、曇り一つない立派な女王であろうと努力されている。

——それなのに、なぜ、陛下はそんなことを仰るのだろう？

首を傾《かし》げるジェスに、デヴィ殿下やギアン殿下達も同じように戸惑っている。

「……レナは、俺が望んだ通り、期待通りの立派な女王だ」

摂政代行閣下はそう答える。

ジェスもその通りだと頷いた。もっと言ってあげてほしいと女王陛下のために思ったが、摂政代行閣下は狼の姿のまま、のそりと動き出された。

そして、たった一歩で場を離れようとしていたキナミ教会長に追いつくと。

「キナミ教会長様」

カーイに呼ばれて教会長が振り返る。

「あなたの子供は……何の〈魔人〉でしたか？」

——あ。

遅ればせながら、ジェスはキナミ教会長が捨てた子供が摂政代行閣下である可能性に気づいた。

摂政代行閣下の問いかけに薄くあえかにキナミ教会長は微笑み、首を振った。

「私は子供を捨てた親で、妻を殺した夫です」

今さら父親を名乗るほど恥知らずではございませんと、その表情が語っている。

問いかけとは噛み合わない答えを返して一礼すると、キナミ教会長は静かに摂政代行閣下から離れていった。

⑧

「……」

キナミ教会長もカーイもいなくなってしまった。

気を張っていた糸が切れて、レナが倒れそうになったのをジェスが支えた。

「陛下、大丈夫ですか？」

「レナ、大丈夫？」

「大丈夫か？」

ジェス、デヴィとギアンに問われて、レナは力なく微笑《ほほえ》む。

「カーイ、もう帰ってこない……かも」

「そんなことはないだろう」

「うん。いつもの閣下《かっか》だったじゃん」

もう仲直り終わったんじゃないのと、デヴィは軽く言ってくれる。

——仲直り、終わったように、見えた……？


〝……レナは、俺が望んだ通り、期待通りの立派な女王だ〟


そう言ってくれたけれど、最後だからかもしれない。

カーイは、今まで〈貴族〉達から山のように嫌がらせを受け、陰口を叩かれながら彼への悪意に満ちたミルナートの王宮に住んでくれた。大親友の遺児《いじ》を助けるために。

——わたくしがラース様の子供でないことが解った今、カーイは王宮に住む必要もミルナートに留まる必要もない。

カーイがレナとこの国を見捨てて出て行くのが、レナにはとても当然に思えた。

——だから。最後だから、気を遣ってくれたのかもしれない……。

「……あの、女王陛下……」

落ち込んでいると、声をかけられた。

先ほどレナ達に舞台へ上がるように言った教母だ。

「なんでしょう？」

レナは涙ぐんでいた目を拭《ぬぐ》い、教母のほうを向いた。

「陛下は……〈魔人〉が……恐ろしくないのですか？」

「恐ろしい？」

レナは首を傾《かし》げた。

「人とは違う姿になるんですよ……それも、鋭い牙《きば》やら爪を持っていて、私達など一飲みにしそうなほど大きくて……」

教母はチラリと、巨大な猫姿のデヴィと同じく巨大な隼《はやぶさ》姿のギアンを見て震える。獣《けもの》姿のデヴィ達がすぐ傍にいるため、彼女としては勇気をかき集め、文字通り決死の覚悟で、レナに質問しに来たようだ。

レナは少しばかり考える。

「〈王族〉や〈貴族〉には〈祝福〉以外の魔法を使える者がいるでしょう？〈鏡士《かがみし》〉とか。カーイ達が姿を変えるのも、魔法の一つだわ」

「……」

教母は納得しがたいらしい。

「それにモフモフ姿って可愛《かわい》いでしょう？」

そう。モフモフの獣姿は可愛いと、レナは改めてデヴィ達を見ながら思う。

「か……わいい……」

「かわいい……？」

異議を唱《とな》えたのは教母ではなく、なぜかデヴィとギアンだった。

「えっ？　巨大な鳥さんもにゃんこも可愛いでしょう？」

聞き返すと。

「巨大にゃんこにならなくても、うちのデヴィは可愛いです、陛下」

本人達でも教母でもなく、兄馬鹿のエディ殿下に真顔で混ぜっ返されてしまった。

「デヴィは確かに見た目は人間でも猫でも可愛いですわね」

なんだかこの人に逆《さか》らうのは面倒くさい気がすると、レナがとりあえず相槌《あいづち》を打つと。

「レナ！」

デヴィはやはり気に入らないらしい。本当に面倒くさい兄弟である。

「大きな鳥さんだって可愛いわよね？　ね？　サマラ？」

「は？　え？　はい」

話をサマラに振ると、サマラは婚約者のギアンを見、レナを見、宙を見て……それから頷いた。

「そ、そ、そうですね。殿下は人間の姿の時は、可愛いとは対極の姿でいらっしゃいますから……」

なんだか苦しそうにサマラは言う。

――わたくしは、隼姿のギアンって羽毛がモコモコしていて可愛いと思うのに。

「ってか、レナ。レナにとってボクもギアンも摂政代行閣下も〈魔人〉姿は全部可愛いなの？」

デヴィが呆《あき》れた口調で尋ねる。

「やだ、カーイはカッコイイに決まってるじゃないの！　あんなに艶々《つやつや》した黒い毛並みの狼なのに、可愛いにはならないわ！」

強く言い切ってから、レナは気づいた。

「……ご、ごめんなさい。サマラにとっても、ギアンはいついかなる時でもカッコイイになるわよね。わたくしには、隼姿のギアンのまん丸のお目々とかモコモコの羽毛とか、凄《すご》く可愛く見えるんですけど……」

「そう言われれば、そうですね、陛下」

サマラが改めて隼姿のギアンを見上げて強く頷く。婚約者の新たな魅力を発見したようで何よりである。

そんな風にうっかり教母を置き去りに盛り上がってしまっていると。

「……可愛い……ですか……？」

ようやくレナの言葉が頭に入ったような顔をして、教母が呟く。

「ええ！　デヴィなんて、大きなぬいぐるみみたいですし。モフモフ、モコモコは可愛いでしょう？」

レナが力強く断言すると、教母は困惑した面持《おもも》ちで視線をさまよわせた。

後日「ボク、あの教母の気持ちがよく解ったんだけど」と、〈魔人〉のくせにデヴィから言われた。なぜか。

「……そのぅ、可愛いは主観かもですが、ねぇ、教母様。教母様は、カーイが王宮に来る前のミルナートが、今のミルナートより良かったと思いますか？」

「……そ、そんなことは……！」

「キナミ教会長様も仰《おっしゃ》っていましたでしょう？　定住者と放浪者の争いがあって、勝ったほうの定住者の異能者は〈王族〉や〈貴族〉になって。負けたほうの放浪者の異能者は〈魔人〉と呼ばれるようになっただけだって。……あなたの心には、キナミ教会長の言葉は刺さらなかったですか？」

言いながら、レナはキナミ教会長の話を思い出していた。

——淡々と語られたカーイのお母様の悲劇と、お父様の苦悩と後悔。

余人の想像もつかぬほど苦しまれたから、キナミ教会長の言葉は、いつも暖かく優しい。

「キナミ教会長はいつも仰いますよね。地母神様の教義は信者を幸せにするもので、不幸にするものではないと」

「……はい」

レナの四倍くらい生きてそうな教母は長い沈黙のあと、頷いた。そして、レナの隣に立っているギアンのほうを向き直った。

「ギアン様、お許し下さい」

「何を、だ?」

「サマラ様が倒れられた毒桃を、王宮に運んだのは端女《はしため》です」


件《くだん》の慈善バザーの日から一月が過ぎた。

カーイが〈魔人〉であることは、意外なほどあっさりと王宮で受け入れられた。

平民で孤児で歳が若くて。

ちゃんとした学校すら出ていなくて、それなのに摂政《せっしょう》代行職にあって、〈魔力〉もないのに〈公爵〉になった。

今さら〈魔人〉だと言われても、カーイを気に入らない者達には大差がなかったのかもしれない。

そうでない者達にはキナミ教会長の言葉が刺さったのだろう。

それに明言はされていないが、カーイはキナミ教会長の息子であることが解った。

教会長はミルナート王国の教会組織のトップで、人望厚い人物だ。

それに、キナミ教会長は教会に入る際に爵位の相続権を弟に譲《ゆず》っているが、本来ならキナミ侯爵になったはずの人だ。

おまけにキナミ侯爵家は何代か前にミルナート王家の姫を夫人に迎えている。

実はカーイは、王家の血も引くちゃんとした〈貴族〉だったと解ったわけで、実力より家柄重視の〈貴族〉達も黙らざるを得なくなったようだ。

「バンディ侯爵、余罪《よざい》が凄すぎますね……」

さて。

本人の自供は進まないが、外堀はどんどん埋まっていく。

ジェスが取りまとめられたバンディ侯爵の今までの罪状を連《つら》ねた書類の束《たば》をカーイの元に届けてきて、しみじみ言った。

「――ああ、そうだな」

頷いてから、カーイは自分の仕事に戻ろうとするジェスを手招いた。

「閣下？」

「少し話がある」

実はずっとレナとギクシャクしている。

お互い、どう話の糸口をつかめばいいか解らなくなっている。

「ジェス、お前……」

人払いをして、相手を椅子に座らせると、カーイは口火を切った。

「陛下がラース前国王陛下の娘じゃなかったら、どう思う？」

瞬間、大きく目を見開いたジェスは、それから一つ息を吐いた。

「……王国の政治的なことは置いて、レナ様にとっては、喜ばしいことではないでしょうか？」

「……そうか？」

ジェスの意外な言葉に、今度はカーイが目を剝《む》く。

本来、ラースの子供でなければ王位にいるのはおかしい。

しかし、ミルナート王家の直系が途絶えた以上、かつてミルナート王家の人間が婚姻《こんいん》を結んだどこかの王家から、〈王族〉を貰《もら》い受《う》けることになる。

このままレナに女王を任せるか、他の国から王を迎えるのかという政治的なことは横に置きましょうと、ジェスはあっさり言う。

「レナ様は以前から、閣下がレナ様を大事にされるのは親友の娘であって、レナ様がレナ様だからではないのではないかと、気にされていましたから」

「……そうか」

最初は、もちろんラースの娘だから可愛かった。たった一人の親友の忘れ形見だ。可愛いに決まっている。

――でも、レナはラースの娘ではなかった。

ラースの娘でなかったとしても、十七年近く、傍《そば》にいた。大事に育ててきた。大切にしてきた。

〝僕が七つの時から〟

何かとそう言っていた親友は十七と数ヵ月で逝《い》ってしまった。

「……そうか」

三度同じ言葉をカーイは呟いた。

気がつけば、自分はもうラースよりレナと過ごした時間のほうが長くなっていた。そして、おそらく共にいる時間は、これからもずっとずっと延びていく……。

「閣下」

「なんだ？」

「私はずっと不思議だったのです。レナ様はなぜあんなにも〈立派な女王〉であることに拘《こだわ》られるのか。そんなに一生懸命、寸暇《すんか》を惜しんで努力されなくても、閣下はレナ様がラース前国王陛下の一人娘であるというだけで、十二分に愛し、大切にされるだろうに、と」

「……そうだな」

ラースの娘だ。

どんな子であろうと親友の娘だというだけで、カーイは彼女を可愛がっただろう。

「……先日、陛下は閣下に期待通りの者ではなかったと謝罪されていましたが……？」

問う視線を向けられ、カーイは頷いた。

最重要国家機密とも言える話だが、レナが何者であろうとジェスは絶対にレナに不利益を与えないと確信できる。

レナの正体――少なくとも父親がラース前国王でないこと――に確証を得たジェスは、改めて真剣な顔でカーイを見上げた。

「陛下は立派な女王であろうと、最大限の努力を続けられました。それは……陛下が、自分が閣下の親友の娘ではないことをご存じだったからなのですね」

ジェスに指摘されて、カーイはレナがどれほど長い間この秘密を抱《かか》え、苦しんできたかやっと理解した。

9

地下牢《ろう》はなんだか妙にひんやりとしていた。

レナがここに来たのは初めてだ。

「カーイ！　この僕をこんな所に閉じ込めて、ただで済むと思っているのか⁉」

グゥエンダル・バンディ元侯爵は、レナよりレナの背後に立つカーイに反応し、鉄格子を摑むと黄色く汚れた歯を剝《む》き出《だ》しにした。

いつも不必要なくらい〈貴族〉然としていた人だが、一ヵ月ほどの拘留《こうりゅう》の間にすっかり薄汚れ、やつれて、地金《じがね》が出ている。

「セレーのお祖父《じい》様との話し合いは終わりました。あなたには爵位も領地ももうありません」

「トレオのゼアンカ女王陛下が、王太弟殿下とその婚約者の暗殺未遂《みすい》事件の首謀者《しゅぼうしゃ》として、お前を引き取ってくれることになった。トレオにはお前の生涯を潰《つぶ》すのに適切な孤島があるらしい」

「な……っ！」

いきなりの流刑《るけい》宣告に、バンディ元侯爵の顔は醜《みにく》く歪《ゆが》んだ。

「アリアは⁉　アリアはどこだ⁉」

「お母様は、あなたに会いたくないそうです」

「なん、だと……？　アリアを呼べ！　アリアが、アリアが僕に逆らうはずがないんだ」

「お前がアリアを縛《しば》っていた秘密は、すでに俺もレナも知っている。お前にはもうなんの力もない。お前が企画した事件の数々は、ギアン王太弟殿下暗殺未遂《みすい》事件の実行者から芋《いも》づる式に証拠も挙がっている。正直、あのゼアンカ女王陛下の寵愛《ちょうあい》する異母弟を暗殺しかけて流刑で済んだなんて幸運なほうだ」

カーイに一つ一つ丁寧に教えられて、バンディ元侯爵は呆然《ぼうぜん》と鉄格子から指を放した。放したと言うより、指の力が突然消えたような感じだ。

「……」

罪人に与えられるグレーのシャツに裸足《はだし》のバンディ元侯爵は、〈貴族〉とはほど遠い姿で膝から崩れ落ち、地下牢の床の上で打ち震えた。

「僕は、セレー皇帝を祖父に、セレー皇太子を父に産まれた。父が叔父《おじ》に欺《あざむ》かれて皇太子の座を奪われなければ、僕がセレー皇帝になったはずなのだ！　運命はなぜ、僕にばかりつらく当たる？」

「……お前は、この国に来て以来ずっと、大なり小なり俺の足を引っ張り続けた」

「当然だろう！　お前がいなければ、摂政《せっしょう》代行の座は僕のものだったのだ。お前が今持っている功績は、すべて僕のものだったのだ！　お前を引きずり落とすために、僕は何だってやった！　何だってやったのに、なぜ、お前はそこにいて、僕はここにいるのだ⁉」

「あなたはミルナートのことを……わたくしやお母様のことも含めて、欠片《かけら》も考えていなかったのですね」

ここまで酷《みにく》い人だったのかと、レナはとても悲しく思う。

「カーイはわたくしやお母様の暮らしが少しでも楽になるよう、王宮の人々の暮らしが楽になるよう、王都の人々の暮らしが楽になるよう、ミルナート王国の人々の暮らしが楽になるよう、骨を折ってくれたわ。わたくしが生まれる前から、ずっと」

「グゥエンダル、お前は俺に嫌がらせをするたびに笑っていたが、嫌がらせで買えた笑顔は一日持ったか？　半日？　一時間？　五分といい気分は保たなかっただろう？」

「……」

「俺はレナが笑ってくれたら、一日でも二日でも、幸せな気分でいたよ」

そんな場面ではないのに、レナは息を飲んだ。

――わたくしが笑ったら？

カーイは一日でも二日でも幸せな気分になった？　――そう尋ねたかったが、薄汚れた実父の暗い瞳に、すぐに弾《はず》んだ気持ちは萎《な》えた。

――この人はわたくしを微笑《ほほえ》まそうとしたことが、一度でもあったかしら？

母を微笑まそうとしたことがあったのだろうか。

レナの知る限り、そのいずれもなかったように思う。

「ミルナートのいろんな所を回って海賊《かいぞく》や盗賊を倒し、町や農地を整え、橋を架《か》け……一つ仕事をするたびに、礼を言ってくる人間が百人も二百人もいた。国王の仕事というものは凄《すご》いと思った。ラースがどうしてこの仕事に命を使い果たしたのか理解したよ」

「……」

「人に嫌がらせをして得られる幸せの何万倍何億倍も、君主の仕事を成功させ、国民を幸せにしたら自分が幸せになるんだ。そんなこともお前は知らなかった。君主になる能力と権力を持っていながら、その力全部を他人を不快にすること、他人を不幸にすることに使い続けた。それで己《おのれ》が幸せになれるわけがない。自業自得だ、グゥエンダル」

カーイの言葉を本当の父と共にレナは噛み締めた。もし、この父がカーイのような考え方をする人間だったら、母は喜んで彼と再婚し、自分は躊躇《ちゅうちょ》なく彼を父と呼んだだろうに。

「さようなら、お父様。……永遠に」

レナは踵《きびす》を返すと、カーイと一緒に牢を離れた。一歩歩くごとに、涙が溢《あふ》れて、零《こぼ》れ落《お》ちる。一生懸命喉が鳴るのを堪《こら》えていたけれど、地上へ出る階段の手前でとうとうレナは立ち止まった。

「あんな男のために泣く必要はない」

ボロボロと涙を零すレナにカーイはそう言う。

「もう厭《いや》な仕事はこれで終わりだ、レナ」

グゥエンダルより一足先にハバートは国へ帰った。

グゥエンダルはミルナートやトレオだけでなく、ナナンでも狂信者を煽《あお》り、いくつか問題を起こしていることが判っている。

そんな広域犯罪者とセレーからミルナートに嫁《とつ》いだ皇女の間に生まれたのがレナだと主張しても、セレー帝国には一つも利がない。

それどころか今後百年はどこの外国とも政略結婚の相手と見なされなくなる。

それやこれやをセレー帝室とハバートには言い含めたのだ。

ミルナート王家の血を一滴も引かない自分が女王の座に居続けていいのかと思わなくもない。しかしカーイは、王家の直系がラースで途絶え、遠い遠い昔の縁を頼ってどこかの王族を国王に迎えるくらいなら、両親からセレー帝室の血を引くレナのほうがマシだとレナの秘密を封印したのだ。

「……あんな酷《ひど》い人が、本当のお父様だなんて……わたくし……」

「親なんて関係ない」

カーイはぴしゃりと言った。

「いつも言っているだろう、誰が親だとか、性別とか性癖《せいへき》とか。本人がどうしようもないことで、その人間の価値が決まることはないと」

――それは、そうだけれど。

でも、きっとカーイはレナが親友の娘であってほしかったはずだ。

百歩譲って親友の娘でないなら、もう少しまともな父親を持つ娘であってほしかったのではないだろうか。

「俺は、レナがラースの娘だと信じていた。だから、レナが生まれてからこれまでのようにメチャクチャ頑張っていなくても、普通の若い女の子のように考えの足りない振る舞いをしても、叱《しか》りはすれど、嫌うことはなかったと思う」

「――」

「レナがレナだってことだけで、俺はレナのことを好きになったと思う。でも、お前はラースの……俺の一の親友の忘れ形見であるという立場に甘えなかった。努力しなくても愛されることをよしとしなかった。グゥエンダルと違って」

グゥエンダルはそうではなかった。

彼は愛されて当然だと思っていた。

尊重され、大事にされて当然だと思っていた。

彼の祖父はセレー皇帝であり、彼の父は本来ならセレー皇帝になるべき長男だったから。

「グゥエンダルがどんな酷い男でも、レナはレナだ」

「……っっ」

「待て。なんで、さっきより泣く?」

カーイがぎょっとしている。

「……これは、……嬉し泣きです……」

「そうか……」

レナの言葉に、カーイはなんだか落ち着かない様子を見せた。

どういう理由であれ、いつまでも泣いているのは立派な女王様らしくないのかもしれない。

一生懸命止めようとするが、止めようと思えば思うほど涙が溢《あふ》れてくる。

そんなレナに、カーイは困ったように頭を掻《か》いた。

昔みたいだとレナは思った。

――そう言えば、さっきからカーイの言葉遣《づか》いが素だわ。いつもの眼鏡《めがね》もかけていないし。

わたくしのことも呼び捨てしているし。

地下牢が薄暗いのと、聾唖《ろうあ》の番人とグゥエンダル以外、余人がいないからかもしれない。

「……ハバートを故国に帰したから、王配候補者が一人もいなくなったな」

唐突に言われて、レナは瞬《しばたた》いた。

「そうですね」

「…………レナの王配は」

「わたくしの王配は…………………」

カーイがいい。

カーイじゃなきゃ絶対に駄目だ。

――でも、わたくしは、カーイの大事な親友の娘ではなかった……。なかった。けれど。

けれど。

「……わたくし！」

――親は関係ないとカーイは言ったわ！

「な、なんだ？」

今まで泣きじゃくってか細い声を出していたのに、急に声が大きくなったせいかカーイがビクっとした。

地下牢なのでレナの声がより大きく響いたのかもしれない。

ともかくレナは拳《こぶし》を握り締めてカーイを見上げた。

「わたくし、もっともっともっともっと頑張ります。もっともっともっと頑張って、ラース様に負けないような立派な君主になります。絶対になります。だから、いつか立派な君主になったら、王配になってくれますか」

「駄目だ」

即答と言うか、瞬殺だった。

――う。

この十年ほど繰り返された会話をまたもや繰り返してしまった。

――でも、お母様、あと十年くらい頑張れば、根負けしてくれる……かもしれないみたいなことを言っていたし。

大丈夫。今まで十年以上頑張ってきたのだから、もう十年だって頑張れる。

「わたくし、あと十年でも二十年でも、カーイが王配になってくれるまで、絶対に諦《あきら》めません！」

そう宣言すると、カーイは頭を押さえた。

「あ……、あのな、レナ」

とても頭が痛そうな口調でカーイは言う。

「お前は十七になって、成人し、俺は摂政代行の職を解かれてしまう。そうしたら、お前を支える王配が絶対に必要になるじゃないか」

今まで耳にたこができるほどカーイや周囲から言われてきた言葉を繰り返された。

「で、で、でも、わたくしっ！　カーイ以外と結婚したいと思わないんですもの。十年後になるか、二十年後になるか判らないけれど、いつか絶対に、カーイが認める〈立派な女王様〉になって……」

「十年、二十年だと……？」

カーイはすっかり頭を抱《かか》えているが、レナは気にしなかった。

〈立派な女王様〉になるのだ。

レナはカーイの親友の娘ではなかったけれど、いつか彼が認めるような〈立派な女王様〉になる。そのための努力はまったく惜しまない。

「いつまで待つつもりなんだ、まったく」

「もちろん、カーイが王配になってくれるまで、何年でも待つし、何年でも努力するわ、わたくし」

「ああ、だから！」

レナが言った途端、すぐ傍《そば》の壁をカーイが叫びながら殴った。

「カ、カーイ……？」

どうしたのだろう、急に。

「俺は、俺は言ったたな。言ったよな？　レナは、俺が望んだ通り、期待通りの立派な女王だって」

「え……？」

レナは紫水晶みたいだと人に言われる瞳を大きく大きく……これ以上ないくらい大きく見開いて、カーイを見上げた。

──立派な女王だと認めてくれた？　それは、つまり……。

「……カーイ、王配に……なってくれるの……？」

「約束したからな。レナがラースみたいな立派な君主になって、十年後も俺を王配にしたいって言ったらって」

──覚えていてくれた！

十年いや、もうすぐ十二年ほど前になる約束。

「カーイ、ちゃんと覚えていてくれたの？」

「レナとの約束を忘れるわけがないだろう？　……まあ、二年くらい遠回りになったが」

そう笑って、それからとても真面目《まじめ》な顔をして、カーイはレナの前に跪《ひざまず》いた。

「レナ女王陛下。私カーイ・ヤガミをあなたの王配にして頂《いただ》けますか？」

カーイの金色の瞳がレナを見上げる。

「ええ、もちろん！」

胸に飛び込んでくるレナを抱き締めながら、カーイは「あ、花束忘れた」と焦《あせ》った声を出した。

と言うか、地下牢の入り口でプロポーズなんて、プロポーズの作法に一家言《いっかげん》ある母だったら目を三角にするに違いない。

もちろん場所がどこでだろうと、花束などなかろうと、レナはまったく気にしなかったが。

⚓

地下牢でグゥエンダルと不愉快極まる会見をやって。これでろくでもない仕事は全部終わりかと思ったら、レナが泣き出した。

「……あんな酷い人が、本当のお父様だなんて……わたくし……」

その気持ちは解る。あんなろくでもない奴《ヤツ》が身内だと思ったらぞっとする。

だが、そういう気持ちとは別にカーイには思うことがある。

「親なんて関係ない」

親が誰かなんて、たいしたことじゃない。

「いつも言っているだろう、誰が親だとか、性別とか性癖とか。本人がどうしようもないことで、その人間の価値が決まることはないと」

いつもレナにも周囲にもそう言ってきた。

カーイ自身は今までと変わらないが、カーイが孤児ではなくキナミ教会長の息子だったと解って、態度を変えてきた者達はいる。

それがカーイには不快だった。

同じようにレナがラースの娘ではなかったとしても、グゥエンダルの娘だったとしても、親が何者かで態度を変えたくなかった。

――グゥエンダルの娘だからって、レナはレナだ。

「俺は、レナがラースの娘だと信じていた」

信じていた。

本当は薄々違うことに気づいていたが、目を逸《そ》らし続《つづ》けた。

レナが可愛かった。愛《いと》おしかった。いつも真《ま》っ直《す》ぐにカーイを見て、カーイの胸の中に飛び込んでくる子供が愛おしくてたまらなかった。

〈魔人〉の自分でも、〈魔人〉である自分を受け入れてくれたラースの娘なら、〈家族〉として愛してもかまわないだろうと思った。

――〈家族〉になってもらえると、思った……。

ラースが危惧《きぐ》したように、この世界で独《ひと》りで生きるのはつらかった。

ラースを失ったあと、レナがいなければ、自分はどうなっていたか解らない。

「だから、レナが生まれてからこれまでのようにメチャクチャ頑張っていなくても、普通の若い女の子のように考えの足りない振る舞いをしても、叱りはすれど、嫌うことはなかったと思う」

以前ジェスから指摘されたことを言う。

ラースの娘であって欲しかったという思いがカーイの中になくはなかったけれど、それはレナには関係のないこと。

それにラースは、レナがカーイの家族になるよう、最大限の努力をしてくれた。

ラースの本当の娘でなくても、ラースがカーイのために用意してくれた家族だ。

——何より。

「レナがレナだってことだけで、俺はレナのことを好きになったと思う。でも、お前はラースの……俺の一の親友の忘れ形見であるという立場に甘えなかった。努力しなくても愛されることをよしとしなかった。グゥエンダルと違って」

グゥエンダルのように生まれ持った立場に胡座《あぐら》を搔《か》くような娘だったら、ラースの娘でも、ラースがカーイのために用意した家族でも、カーイはレナを受け入れなかっただろう。

「グゥエンダルがどんな酷い男でも、レナはレナだ」

愛すべき尊い女王で……女性だと思う。

「……っっ」

「待て。なんで、さっきより泣く?」

想定外のことにカーイは慌てた。

あんな男のために泣く必要はないのだと、自分は懇切《こんせつ》丁寧に説明したはずだ。

「……これは、……嬉し泣きです……」

「そうか……」

相槌《あいづち》を打ったものの、隣で泣かれているのはなんとも落ち着かない。

カーイは弱り切って頭を掻いた。

グゥエンダルのことがあって後回しにしてきたが、そろそろ自分はちゃんとレナと向き合わなくてはなるまい。

――レナの十七歳の誕生日は、来月だしなぁ……。

〈摂政代行閣下〉のカーイは「さっさと王配を確定させて、各種式典の準備を始めなければ」とカリカリしている。

準備期間が一ヵ月もないなんて、官僚達も悲鳴をあげるだろう。

そうは解っているが、〈摂政代行閣下〉ではない素のカーイとしては、酷く気後れしている。

今まで散々拒否って拒否って拒否って……記憶にある限り四桁《けた》近く拒否っておいて。

からのプロポーズなんて、手のひらを返しすぎな気がしなくもなく。

――自分でもいい年していて、何をジタバタしてんだと思わなくもないけど、なぁ、ラース？

「……ハバートを故国に帰したから、王配候補者が一人もいなくなったな」

何から言えばいいか困惑した挙げ句、ハバートのことを口にするとレナは瞬いた。

「そうですね」

「…………レナの王配は」

切り出す言葉を探す。

物凄く今さらだが、恥ずかしい。恥ずかしいと言うか、照れると言うか、言いにくいことこのうえない。

例の調子で「わたくしの王配はカーイです！」と言ってくれるといいな……などと、少々ずるいことを考えたせいか。

「……わたくし！」

今まで泣きじゃくってか細い声を出していたレナが、いきなり強い声で叫んだ。

「な、なんだ？」

「わたくし、もっともっともっと頑張ります。もっともっともっと頑張って、ラース様に負けないような立派な君主になります。絶対になります。だから、いつか立派な君主になったら、王配になってくれますか」

「駄目だ」

反射的にいつものお約束的な言葉が出た。

――いつか、じゃない！　いつか、なんて話じゃないだろ！と、カーイは悶《もだ》えているが、レナはまったく気づいていない。

「わたくし、あと十年でも二十年でも、カーイが王配になってくれるまで、絶対に諦めません！」

「あ……、あのな、レナ」

二十年後とか、おっさんを通り越してじじいだ。ありえない。

「お前は十七になって、成人し、俺は摂政代行の職を解かれてしまう。そうしたら、お前を支える王配が絶対に必要になるじゃないか」

「で、でも、わたくしっ！　カーイ以外と結婚したいと思わないんですもの。十年後になるか、二十年後になるか判らないけれど、いつか絶対に、カーイが認める〈立派な女王様〉になって……」

「十年、二十年だと……？　いつまで待つつもりなんだ、まったく」

そこまで待つと言われて男として悪い気はしなくもないが、そこまで脈がないと思わせてきたのかと思うと反省しきりである。

ラースは親に捨てられた王子だった。

親の顔を知らないカーイは、親という存在自体が未知の生き物だった。

だが、ラースと彼の両親の関係を見ていると、己《おのれ》の親も彼の親のように自分のことを嫌い、疎《うと》んじたのだろうと思っていた。

己が不吉で災《わざわ》いをもたらす〈魔人〉という、人から疎まれる存在だと知って、親に捨てられた理由も把握《はあく》したつもりだった。

――ラースが夭折《ようせつ》したのも、俺が〈魔人〉で、奴に災いをもたらしたからだという思いが拭《ぬぐ》えなかった。

だから、人がカーイの武勇や能力を褒《ほ》めるたび、ただ己が人間に擬態《ぎたい》した化け物なだけだと思っていた。

だから、レナがどんなに愛おしくても、化け物の己がその手を取ってはいけないと思い続けてきた。

けれども、ラースは己の死をカーイのせいにしなかった。カーイのせいにするなとさえ書き残した。

デヴィやギアンに対して、〈魔人〉がいるから国に水害が起こり、農地の実りが薄いのだと言われて、普通に腹が立った。

〈魔人〉の自分がいても、ここ何年もミルナートに水害はなく、豊作が続いている。

〈魔人〉が災いを起こすなんて迷信だ。

さらにキナミ教会長の研究結果を聞き、そして彼の告解を聞き、己が一番〈魔人〉を差別し続けてきたことに気づいた。

「もちろん、カーイが王配になってくれるまで、何年でも待つし、何年でも努力するわ、わたくし」

「ああ、だから！」

己が悪いにしても、色々レナに伝わっていない苛立《いらだ》ちのあまり思わず壁を殴ってしまった。

――子供か、俺は。

「カ、カーイ……？」

レナはやっぱり何も解っていない顔をしていて、カーイは観念した。観念せざるをえなかった。

結局、大事なことは自分の口から言うしかないのだ。

「俺は、俺は言ったたな。言ったよな？　レナは、俺が望んだ通り、期待通りの立派な女王だって」

「え……？」

レナは紫水晶みたいだと誰もが褒めたたえる瞳を大きく大きく……これ以上ないくらい大きく見開いて、カーイを見上げた。

「……カーイ、王配に……なってくれるの……？」

「約束したからな。レナがラースみたいな立派な君主になって、十年後も俺を王配にしたいって言ったらって」

「カーイ、ちゃんと覚えていてくれたの？」

「レナとの約束を忘れるわけがないだろう？　……まあ、二年くらい遠回りになったが」

そう笑って、それから表情を改めると、カーイはレナの前に跪いた。

「レナ女王陛下。私カーイ・ヤガミをあなたの王配にして頂けますか？」

「ええ、もちろん！」

最後まで言い切る前に胸に飛び込んでくるレナを抱き締めながら、カーイは突然アリアのことを思い出した。

「あ、花束忘れた」

アリアはプロポーズの作法についてやたらと細かかった。

花束は忘れるわ、地下牢の入り口でプロポーズするわ……、今回のプロポーズの詳細《しょうさい》を知ったら死ぬほど罵倒《ばとう》されそうだ。

——でも、最後には祝ってくれるだろうな。

なんと言っても、彼女もラースがレナと共にカーイのために選んでくれた特別な〈家族〉だ。

エピローグ

春のある日、本日の仕事を片付けて。

レナが夫と共に、子供達がいるはずの庭へやってくれば、デヴィが二人をブランコに乗せて、何やら話をしていた。

ナナン王国の王子で駐在大使の彼とはもう十年近い付き合いで、レナ達夫妻にとって大事な友人の一人だ。

今日は彼が乳母《うば》の仕事をしてくれているらしい。

「……そういうわけで、君達のお父様は、君達のお母様に根負けをしたんだよね」

レナ達が風下にいるせいか、デヴィの声がはっきり聞こえる。

「こんまけ？」

「こんまけ？」

髪質は父より母のものを受け継いで、フワフワでクルクルした黒髪の子供達が、デヴィの言葉に首を傾《かし》げている。

昔、レナが妄想《もうそう》したとおり〈ちっちゃいカーイ〉のような王子も、「幼い頃のレナにそっくりだ」とカーイが目を細める王女も、親の欲目でなく、とても可愛《かわい》い。

首を傾げているところはさらに可愛らしい。

世界でもこんなに可愛い子供はいないのではないかしらと、レナは親バカ丸出しで思う。

「根負け？」

そんなことを思っているレナの横で、カーイがやや不機嫌げに呟く。

「……あの、デヴィ殿下、レン王子殿下とラナ王女殿下に変なことを言ったのがバレると、王配殿下から大目玉を食らいますよ」

カーイの低い呟きが聞こえたわけではないだろうが、ジェスがデヴィに忠告すれば。

「ジェス、『あの』は使うなって、まず、言われると思うよ」

王子達の護衛をしているジェスの言葉に、デヴィが無駄に爽《さわ》やかに笑っている。

昔は少女にしてもおかしくないような愛くるしい容姿をしていたデヴィ王子は、今はたいがいの女の子が夢見そうな〈白馬の王子〉そのものに変貌《へんぼう》している。

ジェスは、元から美青年風の美貌《びぼう》の女性騎士だったが、武術の腕前が上がると共に男前度も上がっている。

二人並んでいるところは、眼福そのものだ。

——まあ、二人ともどんなに格好良くても、カーイには敵《かな》いませんけど。

「そもそも今まで黙っていて、最後にそれを言う？」

「最後の最後で王配殿下の耳に入ったら、確実に機嫌が傾くだろう〈根負け〉なんて言葉を仰《おっしゃ》ったからですが？」

「え？　根負けは事実でしょ？　なんで王配殿下の機嫌が傾くんだい？」

「母后《ぼこう》陛下のお気に入りのフレーズなのです」

「あー……」

納得顔でデヴィは頷く。

「デヴィ?」

「ジェス?」

自分達の頭上で行われる大人達の会話についていけず、子供達が困り顔で二人の袖《そで》をそれぞれ引っ張る。

「ラナ、レン」

レナはこれ以上二人のお祖母《ばあ》様の困った点やら夫の機嫌を傾けるようなことやらをデヴィ達が口にしないうちにと、慌てて二人を呼び、カーイと共に小走りに傍《そば》に寄った。

「お母さま」

「お父さま」

二人はぱぁっと明るい笑顔になる。

「お母様達がお仕事をしている間、二人とも良い子にしていたかしら?」

「はい。デヴィがお話してくれました」

「お父さまは昔、まっくろの服しか着てなかったって」

レナが生まれる前からラース前国王の喪《も》に服していたカーイは結婚式の日から喪服を着ていない。

何を着ても様になる人だが、今身につけている金糸の刺繍《ししゅう》があしらわれたカーキ色の近衛《このえ》騎士団長の制服が一番似合うとレナは思う。

「デヴィが、お父さまはお母さまにこんまけしてけっこんしたって、おしえてくれたよ」

「お母さま、こんまけってなあに？」

「――デヴィ」

双子の長男と長女の言葉に、ジェスの予言通りレナの王配殿下の声が低くなる。

「ボクは嘘を吐《つ》いていないよ」

猫の〈魔人〉であるデヴィは、まったく猫っぽい表情で肩を竦《すく》める。

――確かに嘘は吐いていない……気もするけれども。

夫が自分に根負けしてプロポーズしたのだとは、レナとしても認めにくい話だ。それに。

「根負けと言うのは、お母様が一生懸命頑張ったという話よ」

カーイの一喝《いっかつ》がデヴィに落ちる前に――子供達が怯《おび》えるといけないので――レナは子供達の傍に跪《ひざまず》いて、二人の頭を撫《な》でながら言った。

「お母様は、お父様に好きになってもらえるように、とってもとってもとっても頑張ったの」

レナの説明に、王配殿下は居心地悪げな顔をしている。

ジェスが微笑《ほほえ》ましそうにそれを見、デヴィはニヤニヤしている。

――もうデヴィったら。

レナがデヴィに視線で怒っていることを示していると、

「じゃあ、ラナがいっしょうけんめいがんばったら、デヴィはこんまけしてくれるかしら？」

「じゃあ、レンがいっしょうけんめいがんばったら、ジェスはこんまけしてくれるかなぁ？」

王女殿下と王子殿下が、デヴィとジェスに予想外の攻撃を仕掛けてきた。

「は？」

「え？」

デヴィとジェスは二人揃《そろ》って固まった。

二人ともいい年して独身である。

ジェスは相変わらず恋愛に興味がない。

デヴィは女友達は多いようだが、恋人になる相手はいないようだ。

彼はルゥルゥに裏切られた傷が未《いま》だに癒《い》えないらしい。……そうレナが言う度《たび》に、カーイは実に微妙な顔をしていたが。

「そうね。では、まず、レンは立派な王子様になって、ラナは立派な王女様になるよう頑張りましょうね。デヴィやジェスに相応《ふさわ》しいように」

「レナ！」

「陛下！」

「ちょ、レナ！」

カーイもジェスもデヴィも焦《あせ》りと非難の混じった声をあげる。

――えーと……なぜ、カーイが焦ってるのかしら？　わたくしにあれだけ早く結婚相手を見つけろと言ってたのだから、ラナだって早く結婚したほうがいいと考えてると思ってたけど？

ジェスが焦るのは解る。恋愛に興味がないのだし、レンとは二十以上の年の差だ。

デヴィが焦る理由はよく解らない。

「別に二人に、絶対にレンやラナと結婚して欲しいと言っているわけじゃないわ。この子達が大きくなる前に、あなた達が相応《ふさわ》しい相手を見つける可能性だって、この子達が他の人を好きになる可能性だってあるのだし」

「お母さま、あたし、ぜったいにデヴィとけっこんするの！」

「ぼくも、ぜったいにジェスとけっこんする！」

レナの言葉に、即座に子供達が反応する。

デヴィとジェスはますます顔を引きつらせる。

「二人とも、デヴィやジェスに結婚相手と認められるには、ずいぶん努力しないといけないと思うけれど、大丈夫？」

「がんばる！」

「がんばるの！」

二人の元気な声にレナは笑みを深めたが、カーイはこめかみを押さえている。

「では、十年頑張って。あなた達が同じ気持ちで、ジェス達が独身だったら、改めてこの話をしましょうね」

「レナ！」

「陛下！」

「ちょっと、レナ！」

カーイもジェスもデヴィも、再び焦りと非難の混じった声をあげた。が。

「お母様は、あなた達くらいの時に、お父様に、立派な女王様になったら結婚するって言って貰《もら》ったのよ」

レナが言うと、三人ともしょうがないという顔で肩を竦《すく》め合《あ》っていた。

ジェスの難問

「以前からの懸案《けんあん》だった女王陛下の王配だが、私に内定した。陛下の十七歳の生誕と成人を祝う式典にて正式に婚約を公表する」

「――!?」

前もって知らされていなかったジェスは瞠目《どうもく》し、摂政《せっしょう》代行閣下《かっか》と女王陛下をそれぞれ二度見した。

⚓

ジェスの敬愛する女王陛下の十七歳の誕生日――まで一ヵ月を切ったある日の夕方、重臣と各省庁の高官達に緊急招集がかかった。

大広間の玉座に女王陛下、その一歩後ろに設《しつら》えられた席に摂政である母后《ぼこう》陛下。

そして、玉座前の階段を下りた所に長身のカーイ・ヤガミ摂政代行閣下が、例のごとく極めて姿勢の良い立ち姿を見せている。

摂政代行閣下と女王陛下（と母后陛下）の前に並び立つ重臣や高官達は、何事かと緊張した面持《おもも》ちで三人を見上げている。

壁際に護衛騎士として立ったジェスはそんな彼らの様子をうかがい、少しばかり懐かしい気持ちになった。

二年前、ジェスが王配候補者の一人として集められた場なのだ、ここは。

全員が揃《そろ》ったとの報告を部下から受けて、一つ頷いた摂政代行閣下は、集《つど》った人々に改めて向き直った。

壇上《だんじょう》にいなくても、この人は他の人々より頭一つ大きいので、壁際のジェスからもその整った面差しがよく見えた。

薄い色付き眼鏡《めがね》がいつものように目の表情を隠していて、いつものように官僚モードの無表情で淡々と告げた内容は、摂政代行閣下が王配に決まったという驚愕《きょうがく》のニュースだった。

その驚天動地《きょうてんどうち》な話の内容にかかわらず、嫌みなほどまったくいつもと変わりのない文官モードの摂政代行閣下と比べて、陛下はそれはそれは幸せそうに微笑《ほほえ》んでいる。

――やっと陛下の気持ちが、閣下に通じたんですね！　おめでとうございます、陛下！

ジェスは駆け寄って祝ってあげたい気持ちで胸がいっぱいになった。

残念ながら職務中だったため、ジェスは「気づいて下さるかな？」と思いつつ、ニコニコと祝福の笑顔を陛下に向けた。

すると一秒ほどで目が合った。

（おめでとうございます、レナ様！）

（ありがとう、ジェス）

目線だけでそんな会話を交わす。

それはさておき、ジェスが護衛任務中の騎士として、不自然ではない程度に周囲を見回すと、意外にもこの発表に対して重臣と高官達は驚いた様子がなかった。

あとから聞いた話では、

「摂政代行閣下が〈魔人〉だったことを受け入れた今となっては、もうそれほど驚くことでもなし」

とか、

「遅かれ早かれこうなるのは見えていたし」

とか、

「結局一番丸く収まる選択だし」

な思いが多数を占めたそうだ。

とどのつまり、重臣や高官達にとっては想定内の出来事だったのである。

しかし、ジェスはいつか女王陛下の思いが届く日が来ることを祈ってはいたが、摂政代行閣下の本音をより多く聞ける立場にあった分、こんなに早く閣下が折れるとは予想していなかった。

——あ、でも、そう言えば、レナ様が実はラース前国王陛下の血を引いていないことが解ったんだっけ。

もちろん公表されていない。

ただ、〈親友のたった一人の忘れ形見〉という枷《かせ》が外れたのであれば、閣下が陛下を拒否する理由がなくなったようなものではないかと思う。

「陛下、それに摂政代行閣下」

ジェスがそんなことを考えていると、いつも摂政代行閣下に冷ややかな内務大臣のオーノ伯爵が一歩前に出て口を開いた。

彼は王家と同じくらい古い名家出身で、常々《つねづね》平民出身の閣下が王宮を牛耳《ぎゅうじ》っているのを苦々しく思っているらしく始終不満を言いふらしていた。

バンディ元侯爵が追放された今、反摂政代行閣下の旗頭《はたがしら》のような人物だ。

「何かしら？」

陛下の顔が微《かす》かに強《こわ》ばった。襲撃を警戒している感じだ。

摂政代行閣下の表情は常と変わらないが、この人の場合は常時臨戦態勢だからだろう。

「おめでとうございます。ようやく収まるべき所に収まったと臣《しん》も他の者達も安堵《あんど》しております」

しかし、オーノ伯爵は二人やジェスの予想を裏切り、普通に祝辞を述べた。

「……ありがとう。正直、伯爵は反対すると思っていたわ」

女王陛下も少しばかり拍子抜けしたと言うか、ホッとした表情だ。

「摂政代行閣下が国王でも王配でもないのに、陛下とほぼ同等、時には未成年の陛下の権限を越える権力を振るうのを王国の秩序《ちつじょ》を乱す者として苦々しく思っておりました。しかし、閣下が王配になられるのであれば、秩序の問題は解決します」

己《おのれ》が気にしていたのは秩序の問題だったのだと、伯爵は強調した。

とは言え、バンディ元侯爵が複数の国を敵に回すような事件を起こして失脚《しっきゃく》し、摂政代行閣下は王配に決まった今、以前通り反摂政代行閣下の立場を取るのもどうかと保身に走った感は拭《ぬぐ》えない。

「婚約発表は陛下の十七歳の生誕と成人を祝う式典でということですが、婚礼はいつをご予定でしょうか。婚礼の前に様々な儀式がございます故《ゆえ》、スケジュールを調整せねばなりません」

諸々《もろもろ》は横に置き、内務大臣の職務上必須なことを伯爵は尋ねる。

確かにそれは大事なことだ。

ジェスも重臣や高官達もそれぞれ己《おのれ》の仕事に関係してくることだと、改めてお二人を注視する。

「約一年後、陛下の十八歳の誕生日を予定している」

「できるだけ早くに」

「え?」

二人の口からまったく異なる回答が飛び出てきて、オーノ伯爵は困惑した声をあげる。

他の高官や重臣達も首を傾《かし》げ、ざわついた。

——……あの、陛下？　閣下？

もちろんジェスも首を傾げ、喉元まで出かかった言葉を飲み込んだ。

恋愛感情に疎《うと》いジェスではあるが、この年齢にもなれば、結婚した幼馴染みや学友は何人もいる。

彼らが婚約する時は、おおよその婚姻《こんいん》の予定日も決まっていた。

春に婚約して秋に結婚とか、夏に婚約して年が明けたら結婚とか。

——お二人で婚礼の日取りもすり合わせずに、婚約の内定を報告されたんですか、まさか？

万事に抜かりのない摂政代行閣下にしては珍しいミスだ。

「一年後なんて、聞いていません！」

「常識でお考え下さい、陛下。一国の女王陛下の婚礼準備が、数ヵ月で終わると思いますか？」

陛下が拗《す》ねたような声を出せば、閣下が落ち着いた口調で諭《さと》すように言う。

「……」

ジェスは生暖かい笑みが零《こぼ》れるのを抑えられなかった。

内容はともかく、二年ほど前、ジェスが王配候補者としてこの場にいた時に交わされたやり取りを彷彿《ほうふつ》させたからである。

——何と言うか、物凄《ものすご》く、いつもの陛下と閣下です……。

婚約直後の相思相愛のカップルが行う会話からほど遠い気がするのは、己の気のせいだろうかと、ジェスは自問する。

「あらぁ、カーイ。あなたのことだから、レナがいつ結婚してもいいように準備万端に整えていたのではなくて？」

それまで黙っていた母后陛下が口を挟《はさ》んだ。

相変わらず娘の味方をするというよりは、摂政代行閣下への嫌がらせに余念がない感じの口調なのがなんともだが、ジェスとしては陛下の味方をしたいので、母后陛下の言葉にうんうん頷いた。

高官達の中でも女性は女王陛下に同情的なのか、ジェスと同じように頷いている。が。

「婚礼に関わる予算は計上済みですが、陛下の衣装やアクセサリーを仕立てるのに一月や二月では済まないでしょう」

そんなことも解らないのかと言わんばかりの呆《あき》れた口調で、溜息交じりに閣下は返される。

ジェスも自分の物を仕立てたことがないので、ドレスやアクセサリーの制作に詳《くわ》しくはないが、女王陛下の衣装が普段着でもかなり時間をかけて丁寧に作られていることは知っていた。

――サマラ様の衣装もデザインが決まったけれど、まだできあがっていませんし。

「それとも、母后陛下は我が国の女王陛下の婚礼衣装が普段着でよいとでも？」

「まぁ、カーイ！　とんでもないことを言うのね！　ウェディングドレスを普段着で済ませるなんて、誰が許しても、ええ、レナ本人が許そうとも、あたくしが許さなくってよ！」

キッ！　と眦《まなじり》を上げて母后陛下は宣言された。

母后陛下は世界でも有数の美女と名高いだけあって、非常に美意識が高く、センスがいい。服飾関係には熱烈なこだわりがあり、東方諸島連合王国の王太弟妃殿下のウェディングドレス作製チームの中心人物でもある。よその姫君のウェディングドレスを作りながら、己の娘、自国の女王のドレスを作らないなどと言う選択肢《し》はあろうはずがない。

あっという間に母后陛下を味方に付けた摂政代行閣下は、次に壇上《だんじょう》の女王陛下を見上げて。

「それに、国内外から招く貴賓《きひん》らのスケジュールのすり合わせもあります。外国の賓客もそうですが、それぞれの地方の領主達の皆が、今日明日にでも陛下が結婚しても祝いの品を用意できるとは思えません。もちろん祝いの品を強要するつもりは陛下にはないでしょうが、女王陛下の婚礼に何も献上《けんじょう》せずに済ませたら、その領主の評判が落ちます。諸外国の王侯達ならなおさら、陛下に生半可な贈り物はできません。そういったことも考えれば、婚約から一年は間が必要でしょう」

――か、完璧《かんぺき》です、閣下……。

隙のない説明だ。

もしかしなくても、事前に婚礼の日取りをお二人で相談されなかったのは、陛下の反応を予想し、母后陛下や重臣、高官達を味方に付けて陛下を説得しようと考えられたからではないかと、ジェスは気づいた。

――摂政代行閣下らしくないミスだと思ってしまってすみませんでした！

と、心の中で謝る。

理由を一つ一つ細かく説明されて、ジェスは感心し、納得した。

「でも、カーイ……」

しかし、ほぼ十七年越しの恋を実らせたばかりの陛下としては承服できかねるらしく、小さく口を尖《とが》らせられている。

「……陛下」

閣下の声が少し苦笑を含んで、柔らかくなる。

ジェスが見るに、今にも陛下の頭を撫でそうな感じで、閣下は壇上の陛下を見ている。

恋愛に関してはジェスはまったく理解できない人間なので自分の目に今一つ自信が持てなかったが、この様子を見ると、お二人はちゃんと昨日までとは違う関係になられたような気もする。

「今、この場にいる者達は私が〈魔人〉であっても、さほど気にせずにいてくれますが、地方の者達、諸外国の者達すべてが私に肯定的であるとは申せません。時間が必要でしょう」

噛んで含めるような物言いだ。

確かに中央より地方の方が、教義にガチガチに囚《とら》われている者が多く、そう簡単に〈魔人〉への嫌悪感が消えるとは思えない。元々摂政代行閣下は国民的人気の高い人であるが、〈魔人〉

であることを知ってなお、王配に迎えるとなると、やはり拒否感を持つ者も出よう。

――閣下のお父上がキナミ教会長であることや、教会長の歴史研究が地方にも広まれば、だいぶ変わるでしょうけれど。

閣下とキナミ教会長の関係や教会長の研究内容が広まり、国民感情が落ち着くであろう頃合いを見計らうならば、閣下が言う通り、一年は待ったほうがいいのかもしれない。

「……わたくしは……、一日でも早く……、カーイとけっ、結婚したいんですけど……」

先ほどまでの幸せいっぱいの笑顔はどこへやら。

とうとう涙声で陛下は俯《うつむ》いてしまわれた……。

⚓

「――一日でも早く？」

年若い女王陛下のしょんぼりした姿に、陛下が長年摂政代行閣下に恋い焦《こ》がれていたのを知っている重臣や高官達が慰《なぐさ》めの言葉を探していると言うのに、常に空気を読まない母后陛下の瞳がキラリン☆と、光った。

――あ。

オモチャを見つけた猫そっくりの輝きだと、ジェスは頭が痛くなった。

母后陛下は、根は悪い人ではない（と思う）のだが、時々性格が悪いとしか表現できないような言動をする困った人物なのだ。

「一日でも早くというのは、どういう理由からかしら？　何か期限が迫《せま》っているのかしら？　ねぇ、カーイ？」

「き、期限とは？」

摂政代行閣下より先に、オーノ伯爵が食い気味に母后陛下の口車に乗る。

「そう。ほら、物事の順番的におかしくなったら困るとかぁ」

「まあ、それは、陛下がおめでたということですのっ⁉」

「きゃあ！」

母后陛下が思わせぶりな台詞《セリフ》を言い、すかさずオバサマ世代の保健省の女性高官が母后陛下がぼかしたことを明確に翻訳《ほんやく》し、他の女性高官が黄色い悲鳴をあげる。

まるで予《あらかじ》め脚本があったかのような流れに乗って、人々は沸《わ》いた。

少々下世話な話だが、おめでたい話が二倍になったと盛り上がる……。


「お、お、お、おめでたなんかじゃありません‼」

と、そこに陛下の叫びが水をかけた。

皆が「えっ？」と、陛下を注目する。

羞恥《しゅうち》と怒りで頬を染めた陛下は、両拳《りょうこぶし》を握り締め、打ち震えていらっしゃる。幼児みたいに地団駄でも踏まれそうな雰囲気だ。

「もう、もう、もう！　そんな、キスさえして貰《もら》ってないのに、どう……、あ…………」

勢いで口走った内容が内容だったことに途中で気がつかれたようで、陛下は言葉の途中で固まられた。

――あ……。

ジェスも声なく、「あ……」と呟いた。多分、場の大人達ほぼ全員が同じように無音で呟いただろう。

瞬間冷凍したかのようにカチンコチンに固まられた陛下は、次の瞬間には血が上《のぼ》る音が聞こえそうなほど勢いよく一瞬で顔が真っ赤になられた。

頬を染めたという可愛《かわい》らしい表現では足りない。顔全体が真っ赤だ。よく見れば、いつもは白魚のような指先まで真っ赤っ赤である。

――え、えー………、と。

なんとも気まずい思い。

かける言葉もなく、ジェスはチラチラと摂政代行閣下と女王陛下の様子を見る。

皆、似たような反応だ。

ジェスを含め、場のいい年した大人達ほぼ全員――ニマニマと笑っている母后陛下は除く。断固として除く――が、いい年しているだけに、年若い女王陛下のある種微笑ましい失言に、猛烈に気まずい思いを共有していた。

どう考えても、陛下が口走った内容は、通常臣下と共有する情報ではない。というか、聞かされても困る内容だ。少なくとも現時点では。

「えーと、レナ?」

真っ赤な彫像と化した娘を心配された……と言うよりは、明らかに面白《おもしろ》がっている口調で母后陛下が声をかけると。

「――――ぉ、お母様の、バカぁあああ‼」

その叫びを残して、女王陛下は退散してしまった。

追いかけていいものか悪いものか。

ジェスは迷ったものの、最終的に追いついた時に陛下に何を言えばいいか解らず、踏み止《とど》まった。

――それにしても、デジャブですね……。

二年前にバカと陛下に言われたのは、摂政代行閣下だったけれども。

「え～、吃驚《びっくり》ぃ～。キスもしてないってどういうこと? ねぇ、どういうこと?」

娘にバカと言われてもまったく気にしている風もなく、例のごとく母后陛下は摂政代行閣下をいじりはじめた。わざわざ壇上から降りて、不機嫌そうに立つ摂政代行閣下を見上げる。その紫の瞳ときたら、豪華なシャンデリアのようにキラキラキラキラキラ無駄に輝いている。

——母后陛下……。

ジェスはそっと瞼《まぶた》を伏せた。

あれほど思いやりに溢《あふ》れたレナ女王陛下と瓜二つと言っていいほどの容姿を持ちながら、ここまで性格が違うのは不思議としか言えない。

「普通、プロポーズの際にキスくらいするものじゃないの？　ねぇ、皆、そう思うわよねぇ？」

誰もが口にできないようなことを平然と口にできるのは、さすがと賞賛すべきなのか、蛮勇《ばんゆう》と慄《おのの》くべきなのか、ジェスには解らない。残念ながら、王国の最高峰の人材が集っているこの場でも、どちらが正解か判断できる者はいないとジェスは思う。

とりあえず皆、巻き込まれないように母后陛下から視線を逸《そ》らしている。もちろんジェスも。

「——お前な」

胸の前で腕組みをした——もしや、うっかり手が出ないようにとの自制のポーズだろうかと、ジェスはひやりとした——摂政代行閣下はギロリと母后陛下を睨《にら》んだ。

「母親なら俺の自制心とか理性とかを吹き飛ばすようなことけしかけるなよ」

摂政代行閣下が不機嫌も露《あら》わに母后陛下に仰《おっしゃ》る。

不機嫌のあまり文官モードが飛んで素《す》になっていらっしゃるものだから、ジェスをはじめ閣下の性格をよく知る者達はヒヤヒヤしながらお二人を見る。

「あらぁ、正式に婚約するんだから、自制心とか理性とか、蹴《け》っ飛《と》ばしてもよくない？」

そんな周囲の心配をよそに、母后陛下はニマニマと笑う。この場面は間違いなく、蛮勇、ここに極まれりと断定するところだろう。

――レナ様の母君ですから、摂政代行閣下も、ら、ら、乱暴なことはなさらない……ですよね……？

この十七年以上、母后陛下の嫌がらせに耐えてきた人である。いまさらこれくらいのことでは動じない。……と、信じたい。

それにしても母后陛下は、本人自身が授かり婚をした人だから、この辺の感覚が普通の王侯貴族の母としては緩《ゆる》くていらっしゃるようだ。

――と言うか、単に摂政代行閣下をいじるチャンスを逃《のが》したくないだけのような気も……。

女王陛下が始終「困ったお母様」と零しているのも、しみじみ解る。

母后陛下はジェスの母と同年代なのだが、良妻賢母と名高いジェスの母とはあまりにも違いすぎて、ジェスも始終困惑させられる。

悪い人では（多分）ないけれども、本当に困った人だ。

「よくはありません」

文官モードの仮面を被《かぶ》り直《なお》された閣下は、母后陛下の提案を切り捨てられる。考慮《こうりょ》の余地など一ミリもないような口調だ。

「ただでさえ、私のような得体の知れない男を王配に迎えるのです。順番を逆さにするようなことをして、陛下の評判に傷をつけるわけにはいきません」

そんな閣下の言葉に「まぁ……！」とか「おぉ……！」とか感嘆の声があがった。

いくらなんでも、婚約した者達にキス一つ交わすななどと言うほど頭の堅《かた》い人間は、そうそういない。〈地母神教〉は多産を奨励《しょうれい》しているから、授かり婚とて目くじらを立てる人間もそれほど多くはいない。ガチガチなまでに真面目《まじめ》な一部の者達には批判されるだろうが。

——そんな一部の人々からでさえ、陛下が批判されたりしないよう、自制されているのか。

場の人々はジェスも含めて、改めて摂政代行閣下が陛下のことを本当に大切に思っていらっしゃるのだなと感動していた。これこそ真の愛情であると、涙を流す者さえいた。

「ふ～ん」

しかし、母后陛下だけはまったく感心しなかったようで。

「じゃあ、好きなだけ自制心や理性を保っていれば？　レナには嫌われると思うけど」

一瞬、摂政代行閣下の顔が強《こわ》ばる。

それを嬉しそうに確認すると、母后陛下は手のひらをヒラヒラ振って退室された。

「あのな、レナ」

翌朝、ジェスが護衛のために女王陛下の私室の控《ひか》えの間に入ると、先に摂政代行閣下が来ていらしたようで、声が聞こえてきた。互いのベランダ側の窓が開いていたため、声がよく通ったのである。

「俺が〈狼《おおかみ》〉だって、忘れているだろう?」

私的な場にいらっしゃるせいか、摂政代行閣下の声や喋《しゃべ》り方《かた》は例の文官モードではなく、素である。

「忘れてなんかないわ。狼のカーイだって、とっても素敵だもの」

女王陛下の可愛らしい抗議の声に、摂政代行閣下の溜息が重なる。

「あー、だから!! 俺の本質は〈狼〉なんだから、今すぐここで、お前を丸呑みして食べてしまいたいくらいの気持ちを、必死で自制しているんだから、あんまり煽《あお》らないでくれ」

「カーイ……!」

——え……と……。

ジェスは二人の会話になにやら胸焼けのようなものを覚え、そっとそっと足音を立てないように、控えの間から退出した。

さて、どれくらい時間を空《あ》けてから、何も聞かなかった顔をして陛下の部屋の扉をノックすればいいだろうか。

恋愛関係には疎いジェスには、かなり難しい問題だった。

あとがき

和泉統子

こんにちは。和泉統子《わいずみのりこ》です。このたびは、拙著《せっちょ》を読んで下さって誠《まこと》にありがとうございます。高校生の頃、授業中に（いや、授業中って妄想捗《はかど》りません？）ノートも取らずにせっせとルーズリーフに書いていたミルナート王国の物語が、鳴海《なるみ》ゆき先生の美麗なイラストと共にこんなに立派な本になるとは、感無量です。ちょっと大げさかもしれないですが、いつか小説家になりたいという子供の頃の夢を諦《あきら》めずに生きてきて良かったと、しみじみしています。

おかげさまでレナとカーイの恋愛攻防戦は、この本で無事完結です。

一話目で用意していたプロットが総崩れとなり、二話目でどうあがいても元のプロットには戻れないと理解した時、「本当にこの二人、ハッピーエンドに持って行けるの……？」と、かなり不安になりました。元プロットでは二人は王国を捨てて、カーイの故郷である魔人の村（そういうのがある設定だったのです）へ駆け落ちエンドな話だったんですよね、これ。

ところが一話目で予定と全然違う展開になり、かつ二人とも痛恨の性格設定ミスで王国を投げ出せない真面目《まじめ》で責任感の強い性格となったので「じゃあ、次々とレナの王配候補が現れて、皆、レナのことを好きになる王道逆ハーを！」と、二話目にして方向転換してみたのです。

王道の逆ハーレム。少女小説書きの端くれとしては、一度は書いてみるべきシチュですよね！

……その結果がこれです。ナンカオカシイデスヨネー。テカミンナかーいスキスギデショ。

そ、それは横に置いてミルナートを舞台にしたお話は、もうちょっとだけ書かせてもらえることになりました！　主役は二話目で名前だけ出てた猫大好き伯爵令嬢です。大好きな猫との結婚を真剣に考える令嬢とその周囲のドタバタ（の予定）。レナ達のその後もちらり（予定）。二〇二〇年十一月発売の『小説ウィングス』秋号、翌年二月発売の同冬号掲載予定です。こちらも楽しんで頂ければ、幸いです。

最後になりましたが、素敵なカーイとレナ達を描いて下さった鳴海ゆき先生、番外篇も引き受けて下さって、ありがとうございます。表紙のカーイの軍服の色について「近衛《このえ》騎士団の軍服はカーキ色ですが、奴《ヤツ》は陸海二軍に属し、さらに総司令官、元帥《げんすい》も兼任しているから何色でもOKです」と丸投げして済みません。田舎住まいの自分と違って、この春は担当さんをはじめ新書館の皆様も大変だったと思います。そんな中、何かとお手数をおかけしました。また、C元上司他、会社の上司、同僚、家族、友人、特にいつも欠かさずナイスな感想をくれる日高《ひだか》ちゃん、いつもありがとう。君がいなかったら、マジで完結できなかったと思います。

そして、何かと大変な最中《さなか》、この本を手に取って下さった読者の皆様、本当にありがとうございます。読んだ方が少しでも楽しんで下さることを祈っております。

〈参考文献〉『銃・病原菌・鉄』上下巻　ジャレド・ダイアモンド著　草思社

W I N G S ・ N O V E L

【初出一覧】
隼さんは女王陛下に求婚したい！：小説Wings '20年秋号（No.105）
狼さんは女王陛下を幸せにしたい！：小説Wings '20年冬号（No.106）
ジェスの難問：書き下ろし

この本を読んでのご意見、ご感想などをお寄せください。
和泉統子先生・鳴海ゆき先生へのはげましのおたよりもお待ちしております。
〒113-0024　東京都文京区西片2-19-18　新書館
[ご意見・ご感想] 小説Wings編集部「ミルナート王国瑞奇譚〈下〉 狼さんは女王陛下を幸せにしたい！」係
[はげましのおたより] 小説Wings編集部気付○○先生

ミルナート王国瑞奇譚〈下〉
狼さんは女王陛下を幸せにしたい！

著者：**和泉統子** ©Noriko WAIZUMI
初版発行：2020年7月25日発行

発行所：株式会社 新書館
[編集] 〒113-0024　東京都文京区西片2-19-18　電話 03-3811-2631
[営業] 〒174-0043　東京都板橋区坂下1-22-14　電話 03-5970-3840
[URL] https://www.shinshokan.co.jp/

印刷・製本：加藤文明社

ISBN978-4-403-54223-7 Printed in Japan

S H I N S H O K A N